1945: 이세계가 사라지기 전에

1945: 이세계가 사라지기 전에

이 책의 독서지도안은 마름모 출판사 블로그에서 다운받으실 수 있습니다.
blog.naver.com/marmmopress/224168321163

1945: 이 세계가 사라지기 전에
김동식 김별아 김유담 김의경 반수연 백희성 서유미 소향 송호근 이승우 정명섭 정진영 조영주 주원규 차무진 최유안 한은형
독립운동
초단편
앤솔러지
마름모

이야기로 읽는 독립운동

20세기 세계 독립운동사에서 한국처럼 침략국과 치열하게 싸운 나라도 드뭅니다. 일본은 죽음을 무릅쓴 조선의 독립투사들과 마주치자 모진 탄압과 어설픈 회유를 반복해야 했습니다. 1909년 안중근 의사의 쾌거는 일본 열도를 들끓게 했습니다. 30세의 청년이 일본 제국의 통치자 이토 히로부미를 저격한 사건이었지요. 제국의 힘을 세계로 뻗치던 노련한 통치자를 약소국의 청년이 총탄으로 쓰러뜨리다니! 일본인들은 믿을 수 없었습니다.

만주 하얼빈역에는 안중근 의사를 기리는 조촐한 기념관이 있고, 플랫폼에는 안중근 의사가 총을 쏜 자리와 이토 히로부미가 쓰러진 자리가 표시돼 있습니다.

불과 6미터 남짓한 거리지요. 그 자리에 서면 한국인들은 모두 숙연해집니다. 안중근 의사의 결연한 의지가 생생히 느껴지기 때문입니다. 플랫폼에서 일어난 사건이 역사라면, 그 현장에서 전해 받는 전류와 같은 감동이 역사의식입니다.

역사는 사실fact이어서 우리 가슴속에 잘 와 닿지 않습니다. 1919년 3·1운동이 세계적인 사건이라는 역사책의 문장에 아무리 밑줄을 그어봐도 실감이 나지 않습니다. 태극기를 들고 종로 거리를 행진하다가 체포돼 모진 고문을 당한 이름 모를 시위자는 어떤 고통을 느꼈을까요. 그 고통을 느껴봐야 비로소 3·1운동의 진상을 깨우치게 됩니다. 일본의 식민 통치가 잔인했음은 누구나 인정하는 역사입니다. 여기에 '어떻게 잔인했는가'를 질문해야 그 역사를 실감하게 됩니다.

예를 들어보지요. 1920년 6월과 10월, 그 유명한 봉오동전투와 청산리대첩의 쾌거를 우리는 알고 있습니다. 일본군 수백 명을 사살한 독립투쟁의 빛나는 역사입니다. 그런데 1920년 겨울부터 이듬해 5월까지 일본군은 보복전을 벌여 두만강 유역 한인촌을 초토화했습니다. 수천 채의 집이 불탔고, 여기저기 흩어진 수백 개 마을이 폐허로 변했습니다. '경신참변'으로 불리는 이 참사에서 조선인 3,000~4,000명이 희생됐습니다. 가족과 집을 잃고 살아남은 사람들의 심정은 어땠을까요? 두만강을 건너 북간도로 도피하던 그들은 대체 어떻게 살았을까요? 지금도 무심히 흐르는 두만강 변에 서면 허겁지겁 강을 건너는 그 절망적인 장면이 떠오릅니다. 이것이 역사이고, 그 장면이 전해주는 비극의 감정이 역사의식입니다.

이 소설집에 실린 17편의 초단편소설은 독립투사들의 혼을 현재로 불러들여 말을 겁니다. '왜 그랬어요?'가 아니라 '얼마나 고통스러웠어요?'라고. '내 육체의 고통보다 나라를 잃은 정신적 고통이 더 크다'는 것이 이 소설집에 등장하는 투사들의 공통된 답입니다. 만약 결례를 무릅쓰고 '꼭 그랬어야 했나요?'라고 물어본다면, '그건 운명!'이라는 답이 돌아올 것입니다.

그렇습니다. 그것은 겨레의 정신적 고통을 덜기 위해 자기 육체를 희생한 고귀한 인물들의 운명이었습니다. 이러한 '고귀한 운명'이란 역사는 '이야기'에 실려

야 비로소 독자들과 교감합니다. 이야기는 독자를 주인
공과 한마음, 한 몸으로 만드는 신비한 힘을 갖고 있으
니까요. 느껴지지 않는 역사는 그냥 사실일 뿐이지만,
감정이입을 통해 자신과 하나가 된 역사는 비로소 '살
아 있는' 역사가 됩니다. 여러분이 이 책에 실린 이야기
속의 주인공이 될 때, 비로소 역사의식이 만들어지는
것입니다.

역사는 이야기입니다. 이야기를 따라가다보면 여러
분은 어느덧 역사라는 시간의 흐름에 닿고, 독립운동의
비장한 숨결을 느낄 수 있을 것입니다. 이 책에 실린 독
립투사들의 이야기가 여러분에게 전해줄 소중한 메시
지가 궁금합니다.

송호근 한림대 석좌교수

차례

흰옷

독립운동의 정신적 지도자, 김구

김동식

김동식

성수동 주물 공장에서 10년간 일하며 퇴근 후 인터넷에 글을
썼다. 2017년 《회색인간》을 포함한 김동식 소설집 시리즈를 출
간했고, 《보그나르 주식회사》《내가 이런 데서 일할 사람이 아
닌데》(공저) 등을 출간하며 왕성하게 활동 중이다.

"아니 근데 김구 선생은 왜 맨날 흰옷만 입으시냐?"

동지들은 모처럼 한가한 시간에 평화로운 얘깃거리를 나누었다.

"글쎄? 백의민족이라서가 아니겠어? 김구 선생님 하면 또 민족주의자로 유명하시니까."

"아니면 의외로 별생각 없으실 수도 있지 않나? 그냥 흰색을 좋아하시나보지."

"선생께서 그만큼 청렴결백하다는 의지의 표현이라고도 본다. 흰색이 그런 상징이니까."

이런 시답잖은 얘기가 계속되다보면 장난스럽고 다소 불경한 의견도 나올 수밖에 없었다.

"기왕이면 감색으로 잡지 그러셨나. 빨래하기 쉽게

말이야."

"흰색이 멋있잖아. 감색은 똥 같아."

"똥은 자식이. 근데 그래도 흰색보다는 낫지 않나? 흰색은 물들기가 좋은 색인데 말이야."

"선생은 백로여 백로. 까마귀 노는 곳에서 어울리지 않으시니 물들지도 않아."

이렇듯 농담거리로 이야기할 뿐, 정확한 이유는 아무도 몰랐다. 궁금함을 참지 못한 누군가 직접 김구 선생에게 물어봤지만, 그때도 진짜 이유는 듣지 못했다. 김구는 그저 허허 웃으며 얼버무렸다.

"나는 그냥 백의가 참 좋다네."

김구는 진짜 이유를 절대 말할 수 없었다. 그 '존재'와 그러기로 약속했으니까. 그래야만 대한이 독립할 테니까.

1919년 중화민국령 상하이에 대한민국 임시정부가 창설되고, 김구는 비현실적인 꿈을 꾸었다.

"김구 선생. 반갑소. 나 전우치요."

꿈속에서 나타난 존재는 천기를 누설하겠다며 김구를 100년 뒤 미래로 데려가주었다. 높은 건물들, 도로를 달리는 자동차들, 깔끔한 거리와 빛을 내뿜는 간판들.
그 간판의 언어는 모두 일본어였다.

"이곳이 일본이오?"

"대한 땅이오."

"온통 일본 사람들이 가득한데 어찌 대한 땅이오?"

"대한 땅이 일본 땅이기 때문이오."

"대한이 독립하지 못하였다는 말이오?"

"그렇소."

김구의 거구가 휘청거렸다. 온몸의 힘이 빠질 정도로 눈앞이 아찔해지는 말이 아닌가?

"아니 되오. 그래선 아니 되오. 대한은 독립해야 하오."

"그러길 바란다면 단 한 가지, 이 미래를 바꿀 방법이 있소."

"그게 무엇이오? 내 무엇이든 다 할 수 있소!"

"목숨을 바쳐야 하오. 그럴 수 있겠소?"

"상관없소. 그 방법이 무엇이오?"

애타게 매달리는 김구의 몸을 존재가 가리켰다.

"이 일본을 당신의 몸에 봉인하는 거요."

“이 일본을 내 몸에⋯⋯? 나보고 친일 매국노가 되라는 말이오?”

“아니오. 말 그대로 당신의 몸에 이 미래 일본을 영영 봉인하라는 거요. 당신 몸이 그리 거구인 것도 그럴 그릇이기 때문이오. 나 전우치가 당신 몸에 희대의 봉인술을 걸겠소. 그리하면 이 미래는 영영 오지 않소. 대한은 독립할 것이오.”

“아! 내가 어떻게 하면 되오?”

한가득 눈에 불이 들어찬 김구와 눈을 마주한 존재가 김구의 몸을 향해 손짓하며 말했다.

“백의를 입으시오. 죽을 때까지 백의를 입으시오.”

깨어난 김구는 자기 몸을 내려다보았다. 꿈이라기에는 너무나도 생생했다.

“백의를⋯⋯?”

이해할 수 없는 말이었다. 하지만 김구는 그걸 단순한 개꿈으로 치부하지 않았다. 대한 독립을 위해서라면 귀신과도 손잡을 사람이 그였다. 김구는 이 생생한 꿈을 믿었고, 이 땅의 미래를 바꿀 수 있음을 믿었다. 그리하여 이날부터 김구는 되도록 백의를 입기 시작했다. 그 이유를 묻는 자가 많아도 부정 탈까 침묵하며 무작정 백의를 애착했다.

1923년, 개조파와 창조파 논쟁으로 대한민국 임시정부가 공중분해될 위기에도 김구는 자리를 지켰다. 다른 독립운동가들이 임시정부를 포기할 때도 김구만은 끝까지 임시정부를 수호했다. 흔들릴 때마다 백의를 차려입으며 정신을 가다듬었고, 덕분에 대한민국 임시정부 적통을 지켜낼 수 있었다.

1931년, 계란으로 바위 치기라는 비웃음에도 김구는 한인애국단을 창설하여 적극 항일 투쟁을 했다. 안 될 것 같다는 마음이 들 때마다 백의를 깨끗이 빨아 입으며 머리를 비웠다. 그에게 백의를 입는 것은 절대 포기하지 않음의 선언과 같았다.

그러다 사건은 1938년 봄, 김구가 백의를 입지 않은 날에 일어났다.

"선생, 그래도 이런 날은 좀, 새 옷을 입고 맞이해야 저들이 쉬이 넘겨짚지 않지 않겠습니까? 괜히 세를 무시당할까 염려됩니다."

이날은 후난성 창사 남목청에서 조선혁명당, 한국국민당, 한국독립당의 3당 합당 논의를 할 중요한 날이었다. 참모의 의견에 김구는 평소 입던 백의가 아닌 고급 양장으로 회의실에 나섰고, 합당 구체안을 논의했다. 그때 사건이 터졌다. 조선혁명당원 이운환이 회의실에 난입하여 권총을 난사한 것이다. 총탄은 주요 독립운동가들을 꿰뚫었고, 김구도 피해 갈 수 없었다. 비싸게 차려입은 양장 상의가 총탄에 뚫려버렸다.

"김구 선생님! 괜찮습니까?"

동지들은 가슴에 총상을 입은 김구를 다급하게 살폈는데, 이때 그들이 증언한 김구의 표정이 희한했다. 그는 고통에 찡그리지도, 분노나 두려움에 차 있지도 않은 기묘한 얼굴로 제 몸을 내려다보고 있었다. 구멍이 뚫린 자신의 가슴팍을 말이다. 동지들은 '과연 백범은 침착하다', '그래서 목숨을 건졌다'고들 말했지만, 누구도 진짜 김구의 속내를 알 순 없었다.

이 저격 사건 이후 김구는 무언가를 깨달은 듯 더욱 철저하게 백의를 입었다. 어떠한 자리에 가도 늘 백의

두루마기 차림이었다. 그 덕분이라고 말해야 할지, 세월이 흘러 드디어 8·15 광복이 이루어졌다.

대한 독립 만세를 외친 김구는 안도의 눈물을 흘렸다. 얼마나 불안했던가? 시간이 지날수록 나라의 풍경은 꿈에서 보았던 미래를 점점 닮아갔다. 건물들, 자동차들, 간판들, 사람들의 복장들까지. 그 꿈이 정말 예언이었던 것만 같지 않은가? 그러나 끝내 대한은 독립했다. 꿈에서 본 미래가 영영 뒤바뀐 것이다. 그렇다면 그것은 과연 정말로 그가 백의를 입었기 때문일까? 그 존재의 말대로 일본을 그의 몸에 봉인한 것인가?

믿거나 말거나였지만, 김구는 광복 이후로도 매일 백의를 차려입었다. 만에 하나라도 부정 타고 싶지 않았다. 사실 김구는 '그날'을 예감했다. 남목청에서 총을 맞았을 때부터 자신에게 '그날'이 와야 함을 어렴풋이 느끼고 있었다. 그리하여 드디어 1949년 6월 26일 서울 경교장. 약속한 그날이 왔다.

점심 식사를 마친 김구는 서재에서 붓글씨를 쓰고 있었다. 그때, 한국독립당 당원이었던 안두희가 김구의 서재를 방문했다.

"선생님, 먹을 갈아드릴까요?"

김구가 고개를 들어 안두희를 보려는 순간, 안두희는 45구경 권총을 꺼내 들어 방아쇠를 당겼다. 불과 1미터 남짓 거리에서 쏜 총알은 김구의 우측 팔꿈치를 스쳤다. 당황한 안두희가 다시 방아쇠를 당기려 할 때, 김구는 깨달았다. 그날이 왔구나.

김구는 가슴을 활짝 펼쳤다. 그 당당한 기세에 놀란 안두희에게 김구는 말했다.

"가슴 중앙을 쏘게."

상상도 못한 그 말에 안두희의 눈동자가 흔들렸고, 김구는 담담히 가슴을 내주었다.

"망설이지 말고 가슴 중앙을 쏘게."

이를 악문 안두희가 다시 쏜 총알은 정확히 김구의 가슴 한복판을 관통했다. 김구는 신음 한 번 흘리지 않았다. 김구는 제 몸에 일본을 봉인해야 한다는 말이 무슨 뜻이었는지 알고 있었다.

김구의 가슴 한복판 총알 자국에서부터 피가 배어 나오기 시작했다. 새하얀 백의 정중앙에 붉은 원이 자라났다. 기묘하게도 고르고 둥근 그 원은 한 치의 번짐도

없이 완벽한 원형을 그리며 멈췄다. 순백색 백의 정중앙의 붉은 원. 그제야 김구는 안심하고 눈을 감았다. 그는 가슴팍의 일본을 저승으로 데려갈 것이었다. 절대 일어나선 안 될 그 미래를 막기 위해, 동지들이 그랬던 것처럼 이 한목숨을 바쳐서. 대한 독립 만세!

김구
(1876~1949)

황해도 해주에서 태어났다. 젊은 시절에는 동학농민운동에 참여했고, 일본인을 살해했다는 혐의로 사형을 선고받았으나 형 집행 정지 후 감옥에서 탈옥했다. 3·1운동 이후에는 대한민국 임시정부 경무국장과 국무령, 주석 등 중요한 자리를 맡았다. 1949년 6월 26일 김구의 남북 협상 참여 등에 반대한 육군 장교 안두희에게 총을 맞고 살해당했다.

먹墨

893명의 수감자를 남긴 3·1운동

소향

소향

2022년 김유정신인문학상을 받으며 작품 활동을 시작했다. 장편소설 《화원귀 문구》, SF소설집 《모르페우스의 문》, 장편동화 《간판 없는 문구점의 기묘한 이야기》《또 정다운》을 썼다. 《우리의 연애는 모두의 관심사》《촉법소년》 등 다수의 앤솔러지에 참여했다.

질척한 눈을 끌며 늦게까지 머무르나 싶던 겨울이 홀연히 물러났다. 어느 날 아침 방문을 열자, 마당 가득 볕이 내려앉아 있었다. 담장 옆 복숭아나무 가지에 연분홍빛 움이 트는 걸 보고 알아차렸다. 봄이 왔다.

어머니는 장독 뚜껑을 들려다 말고 손갓으로 햇살을 가리며 슬며시 웃음 지었다. 올해는 꽃이 일찍 필 거라더니, 과연 며칠 지나지 않아 동대문 밖 마장골 들판에 진달래가 흐드러지고 개나리도 연둣빛 봉우리를 터뜨리려 한다는 소문이 돌았다.

열다섯 난 손아래 동생 단이가 어머니에게 마포 나루 모래 둔치로 꽃놀이 가자 졸랐다. 작년 봄나들이 기억이 꽤나 좋았던 성싶었다. 그날 사방으로 돗자리가 펼쳐진 둔치엔 물결이 은빛 솜을 풀어놓은 듯 반짝였고 아이들 웃음소리가 첨벙거렸더랬다. 물가 근처 실처럼 늘어진 버드나무 가지가 바람결에 흔들릴 때, 햇살에 파르르 떨리는 버들잎 아래로는 가지마다 방울을 달아놓은 듯한 개나리가 무리 지었다. 성안에서 보던 것보다 훨씬 탐스러워서 툭 건드리면 노란 물감이 사방으로 번져 나갈 것만 같았다. 봄볕에 데운 흙냄새와 버드나무 새순 냄새, 은은한 꽃향기, 거기에 물 비린 향까지 달큼하니 뒤섞인 날이었다.

동생 중 가장 귀애하는 단이에게 나는 괜한 심술을 부리고 싶었다. 고 녀석이 안달하는 모습은 퍽 귀여웠으니까.

"올해는 둔치 말고 북악산 기슭 골짜기로 가자. 거기 살구꽃이 피었다더라."

내 말에 녀석이 입을 삐죽 내밀었다.

"산은 오르기 힘들잖어, 언니. 그냥 둔치로 가아."

"갔던 델 뭐 하러 또 간다니? 살구꽃은 잠깐인 거 몰라?"

진짜 다투는 줄 아셨는지 누가 간다더냐는 핀잔으

로 어머니가 우리 둘을 갈랐다. 퉁명스러웠던 말과 달리
어머니는 다음 날 일찍부터 도시락을 쌌다. 단이와 나도
함께 부산을 떨었다. 어린 동생들도 신이 나 새앙쥐마냥
연신 부엌을 들락거렸다.

흰 쌀밥에 꼬들한 보리밥을 섞어 들기름과 참기름을
몇 방울씩 떨어뜨려 비빈 것을 주먹만큼 뭉치고, 김장
항아리서 꺼낸 묵은지와 콩나물무침을 곁들였다. 찬합
에 담긴 계란찜은 노랗게 잘 부풀었다. 된장에 푹 담갔
다 꺼낸 오이와 고소한 강정도 한 움큼 담았다. 어머니
는 막걸리까지 한 병 챙겼다. 갓 익은 막걸리는 발효가
약한 대신 산뜻한 봄의 기운을 품은 어린 맛일 것이 틀
림없었다. 볕 좋은 자리에서 먹으면 진수성찬일 터였다.

돗자리를 둘둘 말고, 보자기로 싼 찬합을 번쩍 들어
올린 아버지 뒤를 따라서 우리는 북악산으로 향했다. 산
기슭에 이르자 꽃냄새와 묵은 흙냄새가 엷게 섞인 바람
이 불어왔다. 조금 안으로 들어가니 낮은 언덕 비탈마
다 만개한 진달래가 붉었다. 먼저 온 아이들이 꽃을 따
화관을 엮었고, 그 애들의 웃음소리가 바람에 실려 넘실
거렸다. 북악산 자락 산길은 야트막한 소로_{小路}에 불과했

다. 하나 오늘은 그 길 위로 꽃잎들이 뿌려져 있었다. 바람이 꽃을 데리고 다니는 듯했다. 살구꽃이었다. 오늘만큼은 이 언덕은 살구꽃의 것이었다.

가지마다 몽글몽글 피어난 꽃잎이 햇살을 받아 희게 빛났다. 그 아래서 벌들이 윙윙 소리를 냈다. 연분홍과 흰빛이 섞여 빛나는 꽃은 햇살에 데워지면 뽀얀 살결 같은 은은한 향을 풍겼다. 갓 찧은 쌀겨에 새벽이슬을 몇 방울 떨어뜨린 듯한 포근하고 고요한 향이었다. 잎 없이 꽃만 피는 살구꽃은 복사꽃처럼 화려하진 않았지만 새색시처럼 청초하고 수줍었다. 바람이 불자 꽃잎이 가장자리부터 흩날릴 듯 말 듯 조금씩 떨었다. 꽃잎이 살갗에 닿으면 누군가 귓가에 속삭이는 것처럼 간지러웠다.

우리는 꽃그늘 아래 자리를 폈다. 나는 팔을 뒤로 뻗고 가만히 앉아 꽃과 햇살을 바라보았다. 옆에선 예까지 일감을 싸 들고 온 어머니가 조용히 바느질했고, 막걸리 한 잔에 벌써 불콰해진 아버지가 흥얼거렸다. 돗자리 위에 꽃잎이 한두 장씩 내려앉았다. 바람, 벌레, 그리고 사람들의 웃음소리만이 낮게 울렸다. 이대로 시간이 멈춰도 괜찮겠다는 생각이 들었다. 삶이란 어쩌면 이렇게 조용히 피는 꽃 한 송이만으로 충분한 것인지도 몰랐다.

그때, 갑자기 바람이 멈추고 꽃이 그늘졌다. 하늘이 시커멓게 변하며 모든 게 어둠에 묻혔다. 꽃도, 어머니도, 동생들도, 눈앞의 모든 것이 온통 먹으로 칠한 그림처럼 검게 채색되었다. 아버지가 굳어진 얼굴로 하늘을 보며 갑자기 비가 오시려나, 중얼거렸다. 누군가는 일식인가, 했다. 나도 이마에 잔뜩 힘을 주고 하늘을 바라보았다. 잠시 후 다시 빛이 돌아왔다. 아무 일도 없었다는 듯 아이들이 금세 다시 뛰놀았다.

돗자리 위에 음식이 펼쳐졌다. 아버지가 조심스레 막걸리를 따라 내게 건넸다. 햇살을 받은 막걸리가 뽀얗게 빛났다. 내가 눈치를 보자 옆 돗자리의 노인이 봄에는 새 술이 약이라네, 하고 호탕하게 참견했다. 단이가 웃으며 막걸리에 연분홍 꽃잎 한 장을 띄웠다. 잔을 받아 들자, 햇살이 막걸리와 꽃잎과 내 뺨을 물들였다. 한 모금 넘기니 시큼한 냄새가 코끝을 적셨다. 어머니가 주먹밥을 한 덩이 건넸다. 아직 온기가 남은 밥에 고소한 기름 향이 깊었다. 밥을 한입 크게 물었다.

참으로 이상한 일이었다. 밥이 꽉 찬 입안에서 아무런 맛이 느껴지지 않았다. 다시 한 입 베어 물었으나 공기를 삼킨 듯 더욱 허기질 뿐이었다. 그때 무언가 손등을 간질였다. 눈을 내리깔고 보니 하얗게 꿈틀거리는 구더기였다. 나는 화들짝 놀라 비명을 질렀다. 구더기를 떨어내며 벌떡 일어서려는데 나도 모르게 무릎이 꺾여 어딘가에 세게 부딪혔다. 다시 사방이 어두워졌기에 이 모든 게 무슨 영문인지 도통 알 수 없었다. 손으로 가만히 더듬어보니 그것은 벽이었다. 그 순간 내가 있는 곳이 어딘지 깨닫고 말았다. 돌아오기 싫은 현실에서 또다시 절망이 반복되었다. 어둠에 모든 경계가 무너지고 시간조차 엉켜버린 곳에서.

북악산이 사라졌다. 아버지도, 어머니도, 동생들도, 꽃도, 바람도 없는 서대문형무소의 좁디좁은 감옥, 빛조차 들지 않아 '먹방'이라 불리는 독방이 지금 내가 있는 곳이다. 먹방 안에는 요강 하나와 그 옆에서 들끓는 구더기 떼뿐, 외로운 돌바닥은 축축하고 곰팡내가 진동했다. 바닥에 머리를 대고 누우니 무엇인가 끈적하고 비린 것이 뺨에 닿았다. 어제 곤봉으로 얻어맞고 흘러내린 나

의 피었다. 깊은 그리움으로 잠시 잠깐 잊었던 통증이 온몸을 덮쳤다. 고문의 흔적이 아물지 않은 탓이었다. 무릎뼈가 으스러져 다리를 굽힐 수 없었고, 숨 쉴 때마다 찌릿한 아픔이 온몸 구석구석까지 휘저었다. 통증보다 무서운 건 허기였다. 위벽이 서로 달라붙은 듯 쓰라렸다. 침을 삼켜보려 했지만 마른 우물 바닥을 긁듯 목구멍이 갈라졌다.

탑골공원에서 독립선언서가 낭독되었을 때, 우리는 만세를 불렀다. 그들이 칼을 치켜들고 달려들자, 아버지는 나를 뒤로 밀어내며 앞으로 나섰다. 어머니는 동생들을 품에 안고 피를 토했다. 나만 살아 이곳에 끌려와 매일 죽어갔다.

북악산에서 돌아오는 길에 개울을 건너며 동생은 진달래 몇 송이를 꺾어 내 치마폭에 넣었다. 그날의 향기와 빛을 아직 기억한다. 흙냄새와 따스한 햇살, 그리고 꽃잎이 입술에 닿던 감촉까지도. 힘겹게 모로 누워 나는 노래했다.

"어둠이 나를 삼켜도 내 눈은 해를 안으리. 쇠창살 너머 흙 한 줌, 거기다 꽃을 묻었다. 울지 않으리, 꺾이지 않으리. 피로 물든 이 땅에 꽃이여 피어라. 내 뼈가 썩어도, 내 살이 문드러져도.”

칠흑 같은 어둠이 집어삼켜도 나는 다시 노래할 것이다. 몇 번이고 그날을 다시 살고 살아낼 것이다. 가장 깊은 어둠이 지나면 새벽이 오고, 겨울이 지나면 다시 꽃이 필 것이니. 내 반드시 북악산에 갈 것이다.

천천히 입을 벌렸다. 이끼처럼 눅눅하고 후끈한 공기가 밀려들었다. 조금 전 떨어낸 구더기를 입안으로 밀어 넣었다. 바짝 마른 혀 위에서 살진 구더기가 꿈틀거렸다. 토도독 터진 구더기의 살과 즙을 삼키며 눈을 감았다.

살 것이다. 살아야 한다. 이렇게라도 살아야 한다. 어머니의 원대로, 나는 살 것이다.

3·1운동
(1919)

1919년 3월 1일에 시작된 전국적이고 전 국민적인 독립운동. 그해 5월 말까지 전국 곳곳에서 1,744회에 걸쳐 독립만세운동이 일어났다. 일제는 시위를 막기 위해 총을 쏘는 등 무력 발포(254건)까지 동원해 시위대를 탄압했다. 참가자들은 법정에서 중형을 선고받았다. 3월 4일 평안남도 원장과 사천 장터에서 벌어진 독립만세운동과 관련해 4명이 사형, 16명이 무기징역 내지 징역 15년을 선고받았다. 지금까지 남아 있는 일제의 '감시 대상 인물 카드' 4,855건 가운데 3·1운동 수감자는 893명으로 전체의 18퍼센트에 달한다.

한양으로 가는 길

기장 큰 규모의 의병 조직, 13도 창의군

정명섭

년 동안 약 240편의 장편과 단편을 발표하며 다양한 장르의
글쓰기에 도전하고 있다. 대표작으로《암행》《기억서점》《미스
손탁》《빙하 조선》등이 있다.

정명섭

2006년 역사 추리소설 《적패》로 작품 활동을 시작했다. 20여
년 동안 약 240편의 장편과 단편을 발표하며 다양한 장르의
글쓰기에 도전하고 있다. 대표작으로《암행》《기억서점》《미스
손탁》《빙하 조선》등이 있다.

싸늘한 바람이 얼어붙은 길을 스치고 지나갔다. 우마차와 사람들이 무수히 지나가면서 만들어낸 흔적들이 깊게 파인 길 위에 선 허위는 옆에 선 부하에게 물었다.

"여기서 한양까지는?"

대한제국 원주 진위대에서 병사로 복무하던 이동석이 대답했다.

"30리만 더 가면 동대문입니다."

"반나절 거리군."

허위의 중얼거림에 이동석이 맞다고 작게 얘기하고는 고개를 끄덕거렸다. 뒤처진 부하들이 합류하기를 기다리던 허위는 지난날을 떠올렸다. 작년 7월, 이토 히로부미 통감과 이완용을 비롯한 친일파 대신들이 황제 폐하가 헤이그에 특사를 파견한 것을 핑계 삼아 폐하를 핍박해서 물러나게 만들었다. 그것도 모자라서 비밀리에 군대를 해산시키기로 했다. 손발을 다 묶어두고 집어삼킬 속셈이었다. 해산명령을 받은 도성의 시위대는 일제히 총을 들고 나서서 일본군과 전투를 벌였고, 한양을 탈출해서 각지의 의병들과 합류했다. 지방의 진위대 역시 무기고를 열어 총기를 손에 넣고 의병들과 손을 잡았다. 그렇게 정미년(1907년)의 여름은 나라를 지키고자 하던 의병과 병사들이 손을 잡으면서 뜨겁게 달아올랐다.

그 여세를 몰아서 13도 창의군이 결성되어서 경기도 양주에 집결했다. 이강년과 민긍호 같은 의병장들이 부하들과 함께 합류했는데 그 숫자가 수천에 달했고, 신식 총기로 무장한 해산 군인들도 적지 않게 집결했다. 명망 있는 사대부인 이인영이 대한관동군창의장으로서 13도 창의군을 이끌었고, 을미년(1895년)부터 의병을 일으켜서 활동하던 허위는 군사장으로서 활약했다. 이들의 목표는 도성인 한양을 되찾고 황제 폐하를 구출하는 것이었다. 허위는 한양을 되찾기 위해 선봉 부대를 이끌고 진격하는 중이었다.

"13도 창의군을 결성한 게 작년 11월이었으니 어언 두 달이 지났구나."

감개무량한 표정으로 말한 허위에게 이동석이 대답했다.

"왜놈들이 우리 군대를 해산한 게 작년 8월이었습니다."

"원주 진위대가 봉기해서 의병에 합류한 게 그 이후고, 나라의 운명은 바람 앞의 등불이 되었지."

때마침 불어온 바람이 허위의 턱수염을 흔들었다. 흩날리는 턱수염을 쓰다듬은 허위의 시선은 여전히 한양을 향했다.

"통감부와 매국노 대신들이 헤이그 특사 파견을 빌미로 황제 폐하를 퇴위시키고 군대를 해산시킨 이유가 무엇이겠는가? 결국 대한제국을 통째로 집어삼키려고 하는 것이 분명해."

"맞습니다. 그래서 제가 있던 원주 진위대에서도 민긍호 특무 정교를 중심으로 봉기를 일으킨 것이죠."

"훈련받은 군인들이 합류하면서 의병들의 세력이 더욱 강해졌어. 무장도 화승총에서 신식 총으로 바뀌었고 말이야."

"나라를 위해 목숨을 바치기로 하고 군인이 되었으니 당연한 일이지요. 어서 빨리 한양에 있는 왜놈들을 몰아내고 나라가 평안해졌으면 좋겠습니다."

이동석의 대답을 들은 허위가 말했다.

"반드시 그럴걸세. 우리 뒤에 13도 창의군이 있지 않은가?"

"우리가 길을 뚫으면 반드시 한양을 되찾을 수 있을 겁니다."

둘이 얘기를 나누는 사이, 뒤처졌던 선발대가 도착했다. 이동석처럼 해산된 대한제국군이었다가 합류한 병사부터 을미년에 의병을 일으켰을 때부터 따라다닌 부하도 있었다. 강원도에서 만나서 합류한 포수 출신도 있었고, 동해의 바닷가에서 물고기를 잡던 어부도 있었다. 허위처럼 사대부도 있었고, 중인과 평민은 물론, 백정이었던 천민도 포함되어 있었다. 허위는 차별 없이 이들을 대했다. 기울어지는 나라를 되찾는 데 신분을 따질 이유가 없었다. 복장도 제각각이고 무기도 천차만별이었지만 나라를 구하겠다는 마음은 똑같았다. 허위는 그들의 뜨거운 마음이라면 얼음 같은 왜놈들과 그들의 편에 선 이완용 같은 매국노들을 충분히 녹여버릴 수 있을 것이라고 믿었다. 그래서 한양 쪽에서 불어오는 쌀쌀한 바람의 추위가 느껴지지 않았다. 허위는 돌아서서 지친 표정의 부하들에게 외쳤다.

"이제 30리다! 30리만 더 가면 한양에 도달한다."

추위에 얼어붙은 부하들의 얼굴에 온기가 보였다. 허위는 미안함과 안쓰러움에 살짝 눈물이 맺혔다.

"그동안 제대로 먹지도, 자지도 못하고 여기까지 왔다. 오는 동안 많은 동료들이 죽거나 다쳐서 함께하지 못했다. 이제 그들과 함께 가자. 기울어진 나라를 되찾고자 하는 그들의 마음과 함께 간다면 우리는 반드시 승리할 것이다."

허위의 외침에 부하들은 무기를 든 손을 높이 치켜들고 환호하는 것으로 대답을 대신했다. 싸늘한 하늘에 울려 퍼진 부하들의 목소리를 들은 허위는 외쳤다.

"언제 왜놈들이 막아설지 모른다. 전투 대형으로 전진한다. 적과 만나면 싸우고 무찔러서 앞으로 나아간다."

허위의 지시에 부하들은 총을 손에 쥔 채 길옆으로

흩어져서 전진했다. 적이 나타나면 바로 몸을 숨겼다가 반격할 수 있도록 한 것이다. 앞장선 이동석이 대한제국 군인 시절 즐겨 불렀던 군가인 〈양양가〉를 흥얼거렸다.

인생의 목숨은 초로와 같고 조선왕조 오백년 양양하도다.
이 몸이 죽어서 나라가 산다면 아아! 이슬같이 죽겠노라!

다들 익숙한 곡조라서 따라서 불렀다. 부하들과 함께 걷던 허위도 따라서 흥얼거렸다. 지나가던 백성들이 조심스럽게 비켜섰다. 목화솜이 붙은 패랭이를 쓰고 쪽지게를 진 보부상이 허위를 보고는 황급히 달려왔다.
"의병 나리!"
손을 들어 부하들을 멈춘 허위가 그에게 물었다.
"무슨 일인가?"
"저기, 고개 너머에 왜, 왜놈들이 옵니다."
허위는 보부상들이 가리킨 언덕을 바라봤다. 보이지는 않았지만 일본군의 발소리가 들리는 듯했다. 바짝 긴장한 허위가 보부상에게 물었다.
"숫자는 얼마나 되는지 보았는가?"

“어, 엄청 많습니다. 기관포도 있고, 말을 탄 대장이 이끌고 있습니다.”

벌벌 떠는 보부상의 얘기를 들은 허위는 부하들을 바라봤다. 경험이 풍부한 이동석이 흩어지라는 손짓을 하자 다들 길옆의 바위나 나무 뒤로 숨었다. 허위는 보부상에게 말했다.

“알려줘서 고맙네. 곧 싸움이 벌어질 것이니 얼른 피하게.”

“놈들이 너무 많습니다. 피하셔야 합니다.”

보부상의 말에 허위는 웃으며 고개를 저었다.

“피해서는 이길 수가 없네. 우리는 걱정 말고 어서 떠나게.”

보부상은 무사하라는 말을 남기고 황급히 자리를 떴다. 허위는 그가 멀어지는 것을 보고는 길옆으로 피했다. 바위 뒤에 숨어서 아라사(러시아)제 베르단 소총을 겨누고 있던 이동석이 옆을 슬쩍 가리켰다. 허위도 그 옆에 숨어서 일본군을 사살하고 노획한 30년식 소총으로 길을 겨눴다. 잠시 후, 언덕을 넘어온 일본군들의 모습이 보였다. 보부상의 말대로 말을 탄 지휘관을 선두로

검은색 테두리의 갈색 모자에 갈색 군복, 그리고 다리에
는 하얀색 각반을 찬 일본군 병사들이 보였다. 중간에는
수레에 올려진 기관포도 눈에 들어왔다. 이동석이 총구
에 침을 바른 후에 신중하게 겨눴다.

"대장 먼저 쏠까요? 아니면 기관포 사수부터 쏠까
요?"

"대장을 쏘게. 기관포 사수는 내가 처리하지."

고개를 끄덕거린 이동석이 살짝 총구를 바꿨다. 허
위도 소총의 노리쇠를 당겼다가 밀어서 탄환을 장전시
키고 기관포 옆에서 걷는 병사를 겨눴다. 숨을 깊게 들
이쉰 다음에 멈추고는 방아쇠에 손가락을 걸었다. 그리
고 작은 소리로 숫자를 셋까지 센 다음에 방아쇠를 당
겼다. 그와 이동석의 소총이 거의 동시에 불을 뿜으면서
말을 탄 일본군 지휘관과 기관포 옆에서 걷던 병사가 동
시에 꼬꾸라졌다. 총소리에 놀란 새들이 하늘로 날아오
르는 가운데 허위가 있는 힘껏 외쳤다.

"쏴라! 한 놈도 살려두지 마라!"

부하들이 일제히 총을 쏘아대자 허둥거리던 일본군
들이 꼬꾸라졌다.

13도 창의군

(1907~1908)

대한제국 시기인 1907년, 일본은 고종 황제를 강제로 물러나게 하고 군대를 해산시켰다. 이를 계기로 각지의 의병들이 힘을 모아 전국 규모의 의병 부대인 13도 창의군을 조직했다. 이인영이 총대장, 허위가 실제 전투를 지휘하는 군사장을 맡았고, 규모는 1만여 명으로 추정된다. 선발대가 서울로 들어가 일본군과 맞서 싸우려 했으나 일본군에 의해 저지됐고, 고향에서 산발적인 투쟁이 계속됐다. 13도 창의군은 당시 가장 큰 규모의 의병 조직으로, 여러 외국 공사관에 교전단체로 승인해줄 것을 요구하는 등 본격적인 의병 활동이 전개되는 시작점으로 평가된다. 이인영과 허위 등은 결국 일본에 의해 체포돼 순국했다.

귀곡

비밀조직 대한광복회 총사령, 박상진

차무진

차무진

2010년 장편소설 《김유신의 머리일까?》로 데뷔했다. 한국 장르 문학에서 대중성과 문학성을 고루 갖춘 작가로 평가받는다. 장편소설 《해인》《모크샤, 혹은 아이를 배신한 어미 이야기》《인 더 백》《여우의 계절》, 소설집 《아폴론 저축은행》 등을 썼다.

"무어? 내일 집행한다고?"

그가 벽을 어루만지며 말했다.

울산 바다 장판돌처럼 두툼한 그의 손이 오톨톨한 회벽을 쓸었다. 석회로 굳힌 벽에서 어눌한 열기가 나온다. 열기는, 반 평 공간에 고인 여름 습기와 비벼져 텁텁하고 눅진한 비린내를 만들었다. 그 비린내는 고스란히 그의 몸에 스며들었고, 몸속에서 강렬한 살기에 파쇄되고, 냉기가 데워지고, 은은한 향이 입혀졌다. 그리고 코와 입으로 되나왔다. 그 청량한 숨은 징벌방의 더러운 열기에 비벼져 다시 눅진해졌다.

벽에서 껵껵대는 헐겁고 기괴한 소리가 나고 있었다. 소리는 울음이었고 귀곡鬼哭이었다.

대구 감옥에서는 밤마다 귀신이 울었다.

처음 울음을 들었을 때 그는, 모로 누워 있다가 일어나 앉았다. 근원이 어디인지 파악할 수 없었다. 벽에 두 손을 붙이고 귀를 대보았다. 엉덩이를 쳐들고 바닥에 볼을 대보기도 했다. 진원지는 옆방이나 옆 건물인 미결수 용동이 아닌, 바로 이 방이었다. 밤마다 귀곡은 그가 갇힌 이 8호 징벌방의 담요 깔린 바닥과 사면의 회벽 어딘가에서 진동하고 있었는데 결국 그는 귀신이 벽 속에 갇힌 것이라고 단정했다. 콘크리트와 밀도 높은 회의 압력에 졸리고 눌려서 압사당할 듯 벽과 일체화해버린 귀신의 노글노글한 곡소리. 그는 귀신도 자신처럼 갇혀서 우는 것이 틀림없다고 생각했다.

이 방에서 사형장은 멀지 않았다. 목을 달아 죽이는 곳이라 뼈가 있을 턱이 만무하지만, 희한하게 밤마다 인광燐光이 떠도는 곳. 그 인광 중 하나가 어쩌다 감옥을 확장하는 공사판 재료에 섞여 벽이 되었을 터다.

귀곡은 밤마다 그의 혈관을 드나들었다. 만 4년 동안 그는, 한 번도 옮기지 않은 이 징벌방에서 벽 울음을 들으며 먹고 싸고 잤다. 그는 울음 자체를 인격으로 보았고 친구로 여겼다.

그 앞에서 울음은 늘 쓰다듬기를 기다리는 송아지처럼 바르르 떨리거나 익은 곡식을 자를 때 나는 볏갈 소리를 냈는데, 어제 아침부터는 파장이 달랐다. 나약해져 있었다. 떠는 파波가 유독 길었고, 아래에서 끌어올리는 세음細音이 여러 번 끊겼다.

벽 울음이 탁탁거리는 소리를 냈다.

"무어? 내일 집행한다고?"

벽 울음이 유리 긁는 소리를 냈다.

"어허, 아홉 시간밖에 남지 않았다고? 보자. 시간이. 어이쿠, 그렇군. 자정도 내일이지."

벽 울음은 왜 그리 담담하냐고 물었다. 그는 사형수이니 사형되는 게 이상할 게 없다고 말했다. 울음은 집행되지 않은 사형수도 많다고 말했다. 그는 4년이면 충분하다고 말했다. 울음은 4년간 지켜보았다고 말했다. 그는 알고 있다고 말했다. 울음은 4년간 그가 자신이었다고 말했다. 그는 그것도 알고 있다고 말했다. 울음이 더는 울지 않았다. 그가 웃었다. 저 울음이 자신이고 자신 또한 곧 저 울음이 될 것이기에.

세창細窓을 올려다보았다.

빛 방향이 꺾이며 낮 하늘이 보였다. 여름 매미 소리에 섞여 소리가 요란했다. 건물을 증축하는 기계 소리, 흙을 긁어내는 소리. "야", "자" 등을 외치는 사람들 소리. 신축 당시 3,800평이었던 대구형무소는 지금도 공간을 넓히고 있었다. 잡아놓은 사람들이 많은 탓일까, 잡아 넣을 사람들이 많은 것일까. 감옥은 조선 가옥을 개조한 곳, 일본식 목조건물, 콘크리트로 만든 신식 건물들이 혼재되어 있다. 저 시끄러운 소리는 그것들을 둘러싼 오래된 목책을 제거하고 새 담을 육중하게 쌓는 소리였다. 평지에 순사들이 뒷짐 지고 걸었고, 미결수들이 잡일을 하러 일렬로 걸어가고 있었다.

눈을 감았다. 벽 울음이 그만 울겠다고 하니 정리해야겠다고 생각했다.

감옥에 오기 전, 그는 법률가였다. 법률가이기 전 그는 의병이었고, 의병이기 전 그는 충과 효를 숭상하는 유림이었다. 을묘년(1915년) 여름, 의병들이 달성공원의 주막에서 회합했다. 거기서 채기중의 광복단과 그의 국권회복단은 대한광복회라는 이름으로 통합되었다.

대한광복회는 비밀결사다. 총사령은 그였고, 부사령은 김좌진이었다. 지휘장은 우재룡, 재무부장은 최준, 경상도 지부장은 채기중, 충청도 지부장은 김한종, 전라도 지부장은 이병찬, 황해도 지부장은 이관구, 경기도 지부장은 김선호, 강원도 지부장은 김동호였다.

대한광복회의 목표는 독립 쟁취 후 공화정체를 수립하는 것이었다. 같은 의병이라도 김계남을 몰아 죽인 임병찬이 만든, 이전까지 몸담았던 독립의군부와는 성격이 달랐다. 임병찬의 그것은 복벽주의復辟主義º였지만 대한광복회는 공화주의를 내세웠다. 그가 근대 법률과 경제학을 공부한 혁신 유림이었기에 가능한 설계 철학이었다. 아닌 게 아니라 왕 따위가 1,700만 조선인을 구원할 수 없었다. 작금의 충忠은 경전의 충과 달랐다. 경전의 충은 백성이 곧 임금이기에 임금에게 하는 충이었지만, 작금의 임금은 백성을 버렸다. 고로 매개체는 불필요했다.

º 일제에 의해 퇴위된 고종을 다시 복위시키는 운동.

일본인 고관과 한인 반역자를 언제든 어디서든 처단하는

행형부行刑辟를 둔다.

이는 대한광복회 결성 당시 조직원들이 채택한 결의문을 가운데 하나다. 행형부의 무력은 의협이다. 평생 경전을 읽고 근대법을 공부한 그는 '흡수'만으로는 아무것도 할 수 없다고 생각했다. 진리를 흡수했다면 또한 진리를 발산해야 했다. 경화硬化한 선비와 율사는 사라져야 했다. 내민 목과 종알거리는 입만으로 독립할 수 없다. 선비이자 율사였던 그는 무력을 중시했다.

대한광복회는 경주, 영일, 영덕 3개 군에서 징수한 세금 마차를 습격하여 군자금을 확보했다. 중석 광산과 운산 금광을 습격했고 일제의 서류를 전부 소각했다. 행동대를 보내 전 경상도 관찰사 장승원을 죽였다. '사형 선고문'을 보내 충남 아산 도고면장 박용하를 죽였다. 박용하 사건으로 그는 집중 표적이 되고 말았다.

정보를 수집한 일본은 놀랐다고 한다. 무력을 사용하는 법률가? 조선에 이런 자가 있었던가? 일본은 무력을 중시하는 이 조선인 지식인이 천만 의병보다 위협적이라고 생각했다. 무슨 일이 있어도 잡아라. 일제는 포섭으로 조직을 압박했고 더는 머무를 수 없었다. 만주로 망명하려던 차, 어머니가 위독하다는 소식을 들었다. 그는 만주행을 포기하고 울산 집으로 갔고 집 앞에서 체포되었다. 잡힐 줄 알았지만 갔다. 그는 무력을 중시하는 드문 조선인 지식인이기 이전에 충과 효를 숭상하는 유림이기 때문이었다. 그는 집 앞에서 체포되었다. 그는 흰 백마에 태워져 압송되었다. 멀리서 보면 일본 경찰들이 백마탄 장군을 호위하는 듯했다.

복도에서 종소리가 요란했다.

벽 울음이 기괴한 단말마를 내질렀다. 울음이 시간이 변경되었다고 말했다. 벽 울음은 처형 시간이 자정이 아니라고 말했다. 복도에서 걸어오는 소리가 들렸다. 찰랑거리는 열쇠 소리도 함께 들린다.

2년 여간 아쉬운 활동이었다.

이 세상에서 아무 일도 이루지 못하고 가는 것 같았다. 산과 물이 조롱하고 찡그리는 것 같았다. 다시 태어날 수 있을까?

벽에 손바닥을 댔다.

“4년간 울어줘서 고맙다.”

울음이 어떤 말을 했다.

“6년 뒤에 올 것이라고? 누가? 나 같은 자가? 이곳에?”

벽 울음은 그렇다고 했다.

그가 간수들에 이끌려 나가자 혼자 남은 벽은 기괴한 소리를 길게 냈다.

대구형무소가 귀곡에 진동했다. 담을 쌓던 노동자, 뒷짐 지고 걷던 간부, 일렬로 웅크려 앉은 사형수, 잡일에 투입된 미결수들이 전부 고개를 쳐들었다.

벽 울음은 길게, 오랫동안 울었다.

초인超人이 죽는 날이니 한 번은 노골적으로 소리를 내어도 괜찮을 성싶었다.

6년 후, 다음 초인°을 맞이할 때까지.

° 대한광복회 총사령 박상진 의사는 1921년 8월 대구형무소에서 사형당했다. 6년 후인 1927년, 같은 장소인 대구형무소에 의열단원 이육사가 수감되었다.

박상진
(1884~1921)

경상남도 울산에서 학식과 덕망이 높았던 전통적인 유가儒家 가문에서 태어났다. 1902년부터 의병장 허위를 스승으로 삼아 가르침을 받고, 1907년 양정의숙에 입학해 법률학과 경제학 등 신학문을 익혔다. 1915년 대구에서 조선국권회복단과 대한광복회를 결성하고 총사령에 취임했다. 만주에서 독립군 양성을 지원하던 중 1918년 체포되어 사형을 선고받았다. 1921년 38세의 나이로 대구형무소에서 순국했다. 1963년 건국훈장 독립장을 받았다.

단 하나의 후회

간도 15만 원 탈취 사건의 주역, 윤준희

주원규

주원규

한양대, 삼육대 겸임교수로 재직 중이다.《열외인종 잔혹사》
로 제14회 한겨레문학상을 수상했다. 언론 탐사를 그린 드라
마 〈아르곤〉, 마약 시장의 카르텔을 다룬 드라마 〈강남 비-사이
드〉 대본을 집필했다.

서릿발이 치던 한겨울 아침, 장총과 권총, 군도로 무장한 일본인과 한인 순사들이 먼 길에 올랐다. 그들의 얼굴엔 한가득 긴장감이 어렸다.

함경북도 회령군에서 북간도 용정을 향해 출발한 그들의 운반 품목엔 일화 15만 원°에 달하는 거금이 담겨 있었다. 적잖은 자금 15만 원의 용도는 일제의 길회철도 공사를 위한 것이었다. 한반도 전체를 폭압과 압제로 짓누르려는 지배의 욕망이 우글거리는 공사 자금, 돈에 만약 얼굴이 있다면, 그들의 돈 15만 원의 얼굴은 일제의 광적인 면모가 제대로 깃든 철강 빛일 것이었다.

○   현재 가치로는 대략 13억 5,000만 원.

철의 빛을 품은 돈을 담은 호송대가 그날 오후 다섯 시경 용정촌 남방 2리 부근에 있는 동량어구에 도착했다. 그제야 그들은 안도의 한숨을 내쉬었다. 하지만 그 안도감은 순식간에 절박한 야만으로 탈바꿈했다. 무정하고 폭압적인 돈을 원래의 주인에게 돌려주기 위한, 곧 압제와 지배의 광기로부터 해방하기 위한 한 발의 총성이 동량어구의 푸르른 허공을 가로질렀다.

쾅!

"사격!"

총성과 동시에 들린 그 외침과 함께 마치 중국인 마적처럼 의복을 갖춰 입은 이들이 몰아닥쳤다. 능란한 솜씨만은 아니었다. 총성은 거칠고 설익은 단말마 같은 비명과 함께 연이었다. 그때, 15만 원의 이송을 책임진 경관 나가토모 카소지가 현장에서 심장이 뚫려 검은 피를 쏟으며 즉사했다. 호송 책임자의 죽음은 호송대에게 극한의 공포를 심어주었다. 그들의 눈에 비친 도적들은 조선은행 용정지점으로 운반하고 있던 철제 궤짝과 우편물 행낭을 실은 두 마리 말, 전부를 탈취했다.

이는 그저 한낱 은행강도의 탈취극인가. 돈을 탈취한

이들의 서릿발 어린 눈빛과 들끓는 심장은 그러나 이 돈 15만 원을 소총 5,000정과 탄환 50만 발로 이해했다. 당시 만주 지역의 독립군을 모두 무장시키고도 남는 거금이었다. 이는 결국 자신의 땅에서 일제의 총칼에 의해 무고하게 스러져간 이들의 핏값이었다. 독립의 극한 염원을 품은 이들 중 한 명의 이름이 도리 없이 오늘 우리 영혼의 양심을 비추는 거울이 되어준다. 윤준희, 1895년 12월 26일 함경북도 회령군 봉의면에서 태어난 윤준희, 그는 누가 봐도 위험천만한 무장 탈취를 벌인 독립운동가였다.

유년 시절 한학漢學을 수학했던 그는 이후 중국 용정촌으로 이주한 뒤, 서전서숙에서 신학문을 수학했고, 1907년 서전서숙이 폐교된 후 영신학교에서 교원으로 활동했다. 교육자였던 그가 장총을 들어야 했던 이유는 명백했다. 민족 교육 활동을 하면 할수록 한계에 부딪혔다. 조선 땅에 무도하게 총과 칼을 들이민 일제에 교육만으로 맞설 수 없었기 때문이다. 하루가 다르게 급변하는 정세 속에서 민족의 독립을 위해선 무장투쟁밖에는 답이 없었다.

당시, 1911년 독립운동가 이동휘가 간도에 왔을 때

조직한 광복단과, 1917년 2월 혁명 이전 조직된 청년 비밀결사 조직인 철혈단이 통합된 단체인 철혈광복단이 있었다. 비합법적인 전투적 비밀결사 단체인 철혈광복단의 궁극적인 목표는 민족 독립이란 들끓는 빛을 향했다. 이들은 당시 대중적이고 합법적인 정치단체였던 대한국민의회와 북간도에 자리한 대한국민회의 인적·물적 공급을 맡는 역할을 맡았다. 윤준희의 가슴에 들끓던 독립을 향한 열망은 주저 없이 총을 집는 철혈광복단을 선택하게 했다. 독립을 위해서는 누군가 해야 할 궂은일을 기꺼이 선택한 그의 마음에 개인의 영달, 입신, 두려움 따윈 존재하지 않았다.

한상호, 임국정, 최이붕 등의 단원들과 함께 윤준희는 무장투쟁을 위해 돈을 모았고, 그렇게 십시일반 모은 돈으로 러시아 블라디보스토크에서 무기를 구매할 수 있었다. 다른 단원들과 함께 윤준희 역시 중국과 러시아 국경에서 군자금을 모집했으며, 당시 자신이 서기로 일하던 용정촌의 야소병원°에 그렇게 구매한 무기를 숨기

○   조선 말기부터 일제강점기에 걸쳐 한국에서 활동한 기독교계 병원. 예수를 한자로 야소耶蘇라 부른 데서 유래했다.

는 등 독립전쟁에 필요한 무기를 모으고 관리하는 데 온 힘을 기울였다.

하지만 개인이 자신의 직장이나 친인척 등을 통해 독립자금을 조달하는 데는 분명한 한계가 있었다. 정부나 중앙 조직의 지원을 받을 수 없는 상황에서 마주할 수밖에 없는 명백한 벽이었다. 민족 독립을 위한 투쟁의 길 위에 선 윤준희에게 독립전쟁은 선택이 아니라 필수였고, 그 필요조건을 충족시키는 길을 걷는 데 있어서 손에 피를 묻혀야 하는 것 역시 선택이 아닌 필수임을 절감했다.

그 깨달음은 윤준희에게 조선은행 자금 탈취 계획에 관해 단원들끼리 서신을 주고받는 비밀스러운 계획에 이르게 했다. 당시 조선은행 회령지점 서기로 일하던 전홍섭이란 인물과 접촉한 그는 중요한 정보를 입수한다. 1920년 1월 4, 5일 즈음 조선은행 회령지점으로부터 용정지점까지 현금 수송이 수행될 것 같다는 정보를 접한 순간 윤준희는 망설이지 않았다. 돈이 필요했다. 일제의 무정한 돈을 탈취해 그 돈을 독립운동을 위해 쓸 수만 있다면 그것으로 족했다.

하지만 같은 해 1월 31일 새벽, 윤준희가 숨어든 곳으로 일제의 총칼이 들이닥쳤다. 무기 거래를 담당하던 밀정 엄인섭의 일제와의 내통이 결정적이었다. 허망한 비탄이 한겨울 비정하게 몰아닥치는 순간이었다.

생포되었을 때, 윤준희는 누구를 원망하지 않았다. 단지 야속한 건 하늘이었다. 일본 군병과 경찰은 한 위험한 테러리스트의 광기를 제압하듯 윤준희의 손발을 묶고 그의 얼굴을 차가운 땅바닥에 가혹하게 짓눌렀다. 윤준희는 자신을 혐오스러운 범죄자 보듯 바라보는 일본 군인들이 두렵지 않았다. 억울하지도 않았다. 단 하나, 너무나 푸르른 하늘이 야속할 뿐이었다. 하늘을 올려다본 윤준희는 잠시 숨이 막혔다. 먹먹했다. 민족 자주와 독립의 길을 걷는 데 하늘은 어떤 답도 쉽게 주지 않았기 때문이다.

"후회하지 않는가?"

차갑고 습한 기운이 스며든 심문실, 수의 차림의 윤준희의 퀭한 눈빛, 보기만 해도 바스러질 것만 같은 파리해진 몸을 훑던 한 일본인 법관이 물었다. 윤준희는 법관의 눈빛과 표정에서 두려움을 읽었다. 그 두려움을

그대로 돌려줘야겠다는 의무감에 사로잡혔다. 모진 고문이 자행된 이후 맞이하는 최후 심문의 길목에서 윤준희는 망설이지 않고 되물었다.

"무엇을 후회한단 말이오?"

"너는 강도야. 그것도 은행 돈, 현금을 가득 실은 수송 차량을 탈취하지 않았나. 총으로 무장하고 고귀한 사람의 목숨까지 빼앗았지. 파렴치하고 비인간적인 범죄를 저질렀단 말이야. 배울 만큼 배운 지식인이, 응?"

"되물어도 되겠소? 배울 만큼 배운 이 지식인이?"

"뭐야?"

"당신들 일제는, 아무 이유와 근거도 없이 한순간에 주권 국가의 숨통을 움켜쥐었소. 헛된 탐욕과 망상으로 조선 땅에 총과 칼을 겨눈 게 당신들이란 말이오. 우린 당신들의 이 무도한 강도짓, 망나니짓 칼춤에 최소한으로 맞선 것이오. 이 말도 안 되는 법정 위에 나를 세운 것 자체가 파렴치하고 비인간적인 범죄란 말이오!"

윤준희의 눈빛엔 믿을 수 없는 올곧음과 이를 뒷받침하는 평온이 서려 있었다. 파렴치한 강도도, 비인간적인 범죄를 저지른 범죄자의 두려움도 없었다. 그렇기에 그가 남긴 마지막 신념의 말은 비록 그가 형장의 이슬로 사라진다 해도 영원히 잊을 수 없는 선명한 기록이 되기에 충분했다.

"후회한다면 단 하나, 더 단결하고 더 치밀하지 못해 이 현금을 민족 독립운동에 오롯이 사용하지 못한 것, 그것만이 후회될 뿐이오."

블라디보스토크에 정박 중이던 일본 군함 지쿠젠마루호로 압송되었던 윤준희는 이곳에서 일주일간 혹독한 심문을 받으며 악형을 견뎌야 했다. 이후 함경북도 청진으로 이송되어 재판을 받은 윤준희는 최종심에서 사형을 언도받았다. 그는 1921년 8월 25일, 임국정, 한상호 등 애국 동지와 함께 서대문형무소에서 사형 순국했다.

윤준희
(1895~1921)

함경북도 회령에서 태어났다. 1919년 3·1운동이 일어나자 독립운동에 참가할 것을 결심하고 간도에서 철혈광복단으로 활동했다. 1920년 무장 독립운동 단체인 북로군정서 소속으로 조선은행 회령지점에서 간도 용정으로 이송 중이던 현금을 탈취했다. 이후 독립군의 무기 구입을 위해 노력했으나 발각되어 일제에 의해 체포되었다. 1963년 건국훈장 독립장을 받았다.

만주에 뜬 별

독립군을 통합한 대한통의부 총사령관, 신팔균

송호근

직 중이다. 소설가 김사량 일대기인《다시, 빛 속으로》, 단편집
《꽃이 문득 말을 걸었다》, 19세기 조선을 무대로 한《강화도》,
김경천 지사를 다룬《연해주》등 소설도 썼다.

송호근

한림대·서울대 사회학과 교수를 거쳐 한림대 석좌교수로 재
직 중이다. 소설가 김사량 일대기인《다시, 빛 속으로》, 단편집
《꽃이 문득 말을 걸었다》, 19세기 조선을 무대로 한《강화도》,
김경천 지사를 다룬《연해주》등 소설도 썼다.

　소흥안령에 아침 해가 떴다. 여름 햇살이 계곡을 따라 내려가자 밤새 누웠던 작고 하얀 바람꽃이 몸을 일으켜 햇살을 맞았고, 자작나무 숲 위로 매가 날았다. 동천은 산마루쯤에서 걸음을 멈췄다. 저 멀리 남쪽으로 내리뻗은 산줄기를 따라가면 조선에 이른다. 동천은 고향인 충청북도 진천을 잠시 생각했다. 고향 초가지붕에도 아침 햇살이 내려앉을 것이다.

　소흥안령 왕청문에 대한통의부 군사훈련소를 설치한 지 벌써 2년이 성큼 흘렀다. 동천이 정성을 쏟았던 신흥무관학교는 일본 제국군대가 압록강을 넘자 견디지 못하고 무너졌다. 정신적 지주였던 이상룡과 김동삼 선생은 남은 인력과 물자를 겨우 수습해 북간도에서 학교를 열었다는 소식이 들렸다. 남만주 전역에 흩어진 독립

지대를 통합해 발족한 대한통의부 역시 고전하기는 마찬가지였다. 일본군과의 잦은 교전으로 생명과도 같은 무기와 식량을 잃었고, 병사들도 사기가 떨어졌다. 그나마 보름 전 선허강 남쪽까지 치고 올라온 일본군 전진 소대를 급습해 전과戰果를 올린 덕에 병사들의 표정은 다소 밝아졌다.

동천과 지휘부가 구상한 치밀한 급습 작전으로 일본 소대 병력은 전멸했다. 오랜만에 맛보는 승전이었다. 포승줄에 묶인 와타나베 소위는 죽음을 두려워하지 않았다. 일본 게이오대학을 뛰쳐나와 독립군에 가담한 김영후 소대장이 다그쳤음에도 굳게 닫힌 입은 열리지 않았다.

"황군은 천황을 배신하지 않는다."

한결같은 답이었다. 지휘부 회의에서 생포자 즉결 처형이 결정됐다. 와타나베 소위는 자결 기회를 달라고 간청했지만 그럴 수는 없었다.

"천황 만세!"

총성이 울리기 직전 그의 입에서 터져 나온 절규에 동천은 잠시 동요했다. '의義는 산악보다 무겁고 죽음은 깃털보다 가볍다'는 황군의 〈군인칙유〉가 그토록 무섭게 느껴진 것은 처음이었다. 대한독립군 병사들의 앳된 가슴에는 무엇이 있을까.

오늘따라 동천의 단단한 마음은 향수에 젖어 떨렸다. 초소 급습 때 입은 어깨 통증도 밀려드는 향수를 어쩌지 못했다. 어젯밤 꿈 때문이었다. 관복을 차려입은 조부祖父가 손을 천천히 저어 뭐라 말씀하셨는데 알 수가 없었다. 강화도조약 접견대관이었던 조부 신헌은 구로다 기요타카 함대를 혈혈단신 대적한 조선의 무관이자 외교관이었다. 뭐라 하셨는가. 만주에서 일본군과 싸우는 손자가 대견했는가. 몇 달 전 북경에서 조우한 아내도 떠올랐다. 아내 임수명은 아이 셋을 데리고 천신만고 끝에 북경으로 이주했다. 품에 안긴 아내와 아이 셋은 우주를 떠도는 별자리였다.

"몸조심해요."

봉천행 기차에 오르는 동천에게 아내가 건넨 애틋한 말을 플랫폼에 남겨뒀다. 전장에서 그리움은 또 다른 적이다.

동천은 병영 쪽으로 발걸음을 돌리면서 마음을 추

슬렀다. 오랜만에 찾아온 상념이었다. 무기와 식량 조달에 걱정이 가시지 않았고, 갓 입대한 신병들 훈련에 동천의 일상은 조각났다. 가끔 산 아래 한인마을로 식량 보급을 나가곤 했는데, 한층 강화된 일본군 수색과 마적단의 포악한 등살에 한인들도 몸을 사리는 형편이었다. 일본 수색대는 의병대에 아들을 보내는 한인 가옥엔 사정없이 불을 놓았고 가축들을 도살했다. 청천과 경천은 잘 있는가. 오늘따라 그들이 그리웠다.

5년 전 가을, 신흥무관학교에 도착한 망명 일본군 장교의 환영회는 희열 그 자체였다. 패기와 열정을 갖춘 장교들의 출현에 생도들은 열광했다. 든든한 동지였던 두 장교는 북간도와 연해주로 떠나 그곳의 독립군 지도자가 됐다. 이들이 무기 구입 차 북만주로 떠나기 전날 셋은 모닥불에 둘러앉아 결의를 다졌다. 조국 독립을 이루기 전에는 눈을 감지 않겠다고. 이름도 천天자를 붙여 개명했다. 하늘에 운명을 맡긴다는 뜻이었다. 지석규는 지청천靑天, 김광서는 김경천擎天, 그리고 신팔균은 신동천東天, 삼천맹약三天盟約이었다. 동녘 하늘 샛별이 유난히 반짝였다.

　며칠 전 연락책이 동천에게 쪽지를 전했다. 작은 글씨로 이들의 근황이 적혀 있었다. 자유시 참변을 당해 러시아군 감옥에 억류됐다가 풀려나 밀산密山 김좌진 부대에 합류했던 청천의 소식은 반가웠다. 이제 겨우 전열을 정비했다는 것이다. 독립군 간 총격전이 벌어져 수십 명이 사망하고 수백 명이 볼셰비키군 포로로 붙잡힌 그 사건의 충격은 컸다. 경천의 사정은 더욱 난감했다. 볼셰비키와 일본군의 비밀협약으로 독립의병대가 무장 해제당했고 자신은 연해주 집단농장에 투입되었다고 했다. 통탄할 일이었다. 그럼에도 국내 진공의 맹약을 기어이 지키리라는 다짐을 잊지 않았다.

　날이 갈수록 만주와 연해주의 독립군은 사면초가였다. 볼셰비키는 대한독립군과 맺었던 애초의 약속을 배신했고, 만주 군벌은 의병대를 눈엣가시로 취급했으며, 일본군에 매수당한 마적단은 닥치는 대로 의병대 병영을 약탈했다. 운명은 하늘에 달린 것이라고 되뇌는 순간 〈독립군 아리랑〉이 들렸다.

　독립군 아리랑 불러를 보세

일어나 싸우자 총칼을 메고

일본 놈 쳐부숴 조국을 찾자

아리아리 쓰리쓰리 아라리 났네

부관 김영후 소대장이 달려와 경례를 붙였다.

"총검술 훈련을 실시합니다."

200여 명 남짓한 신병들을 몇 개의 소대로 나눠 고참 사병들이 훈련에 돌입했다. 보름 전 승전 탓인지 신병들의 동작에 그런대로 힘이 실렸다. 동천의 마음이 다소 놓였다. 신병들은 한인 자식들이 많았는데 국내에서 망명한 청년들도 섞였다. 입대 초기에 의기충천했음에도 전투를 치르고 동료들의 죽음을 목격하면 탈영하는 병사가 생겼다. 무기 조달이 가장 어려운 문제였다. 체코제와 일본제 소총은 어떻게든 구했는데, 기관총과 박격포는 손에 넣기가 정말 어려웠다. 보름 전 기습에서 노획한 박격포 5정은 병영 후사면 포대에 배치했고, 동천이 가장 아끼는 기관총 3문은 병영 입구가 내려다보이는 진지에 배치했다. 기습에 대비해 경계 강화가 필요했다. 두어 시간이 흘렀을까, 신병들이 잠시 휴식에 들어가는 순간 머리 위로 박격포탄의 날카로운 굉음이 울렸다.

쾅, 쾅, 쾅!

병사 여럿이 비명을 지르며 동시에 쓰러졌다. 박격포탄은 병영을 들쑤셔놓았다. 비명이 여기저기 들리고 갈피를 못 잡고 헤매는 병사들이 속출했다. 쓰러진 병사들의 몸에 피가 홍건했다. 동천은 일본군의 기습 공격임을 본능적으로 감지했다. 보름 전 참패를 만회하려는 보복전이었다. 예상은 했건만 이렇게 빨리 은밀하게 기습하다니! 경비 태세를 강화했는데 어떻게 발각되지 않았을까, 의심하면서 동천은 외쳤다.

"산개, 산개!"

아수라장이 따로 없었다.

"1, 2 소대는 입구 쪽에, 3, 4소대는 병영 뒤편에 진을 쳐라!"

동천은 부대원들에게 수비대형을 일렀다. 박격포탄이 여기저기를 들쑤셨다. 까마귀와 참새 떼가 날아올랐다. 측면 수풀 속에서 기관총이 난사됐다. 동천은 목격했다. 신병 10여 명이 총을 든 채 쓰러지는 것을. 동천의 입에서 신음이 새 나왔다. 그때 병영 측면 비탈진 곳에서 낯선 기마병들이 쏟아져 내려왔다. 그곳이 항상 마음에 걸리긴 했다. 마적단인가, 아니면 일본군? 질러대는 고함으로 봐서 혼성부대 같았다. 마적단이 선봉을 맡고 그 뒤로 일본군이 따르는 대형이었다. 뒤늦은 아군의 대응 사격이 기마병의 진격을 잠시 주춤거리게 만들었다.

"기관총, 기관총 사격!"

동천의 명령과 동시에 아군 기관총이 불을 뿜었다. 적의 박격포탄에 불붙은 마구간에서 군마가 힝힝거리며 뛰쳐나왔다. 동천의 애마였다. 동천은 몸을 일으켰다.

탕, 탕, 탕!

등과 복부에 날카로운 칼날이 스치는가 싶더니 곧 엄청난 통증이 엄습했다. 동천은 그 자리에 고꾸라졌다. 맑은 여름 하늘이 보였다. 흑마를 탄 마적이 쓰러진 동천을 넘어 어디론가 달려갔다. 소문으로 듣던 마적단 두목 같았다. 수십 명이 엉켜 육탄전을 벌이는지 비명과 함성이 섞여 들렸다. 피가 튀었다. 의식이 흐릿해졌다. 김영후 부관이 포복 자세로 다가와 몸을 흔들었다.

"대장님, 대장님, 정신 차리세요!"

부관이 울부짖는 소리가 감미롭게 들렸다. 흐려지는 의식 속에서 조부가 나타났다 사라지고 아내와 아이들 영상이 몽롱하게 스쳤다. 동천은 독립을 보고서야 눈을 감겠다는 삼천맹약은 지킬 수 없음을 알았다. 이제 만주의 별이 되어 그대들을 지켜주겠네. 김영후 부관의 절규가 날아가는 새처럼 멀어졌다. 동천의 눈이 감겼다. 독립투쟁 17년째, 1924년 7월 2일이었다. 향년 42세.

신팔균
(1882~1924)

충청북도 진천에서 태어나 1902년 대한제국 육군무관학교를 졸업했다. 1910년 국권을 잃자 만주로 망명했다. 1919년 항일 독립운동 단체인 서로군정서에서 활동했고, 신흥무관학교 교관으로 독립군을 양성했다. 1924년에는 남만주 지역의 독립군을 하나로 모은 대한통의부의 사령관이 되었다. 그해 7월 만주 흥경현(지금의 중국 라오닝성 푸순)에서 일본군의 사주를 받은 마적 등 300여 명의 공격을 받고 전사했다. 1963년 건국훈장 독립장을 받았다.

이름 없는 나무

대한통의부 현장 지휘관, 채찬

백희성

활동했으며, 현재 KEAB건축사무소 대표이다. 프랑스에서 동
양인 최초로 '폴 메이몽 젊은 건축가상'을 수상했다. 건축소설
《빛이 이끄는 곳으로》를 썼다.

백희성

작가이자 건축디자이너. 장 누벨 건축사무소의 핵심 건축가로
활동했으며, 현재 KEAB건축사무소 대표이다. 프랑스에서 동
양인 최초로 '폴 메이몽 젊은 건축가상'을 수상했다. 건축소설
《빛이 이끄는 곳으로》를 썼다.

만주에서 몇 년째 일본 놈들과 전투를 치르고 있다. 동지들은 숲속의 짐승처럼 눈빛이 날카로워졌다.

평소처럼 우리는 숲속에 숨어서 온 신경을 곤두세우고, 작은 움직임이라도 놓치지 않기 위해 집중했다.

그때 낯선 소리가 아주 작게 들리는 듯했다.

나는 대장에게 눈빛으로 뭔가 이상함을 감지한 것을 표현했다.

슥스르르…… 슥……

총을 집어 들었다. 이미 장전해둔 총을 들고, 전방의 어딘지 모를 어둠을 향해 총구를 겨눴다.

"아…바…이…… 아…바…이……"

어린아이의 목소리였다. 대장은 내게 잠시 멈추라

고 지시했다.

귀신일까? 이 칠흑 같은 어둠을 뚫고 아이가 올 리가 없었다.

그러나 다시 한번, 아이의 목소리가 밤의 습한 공기 중에 선명하게 울려 퍼졌다.

"아…바…이…… 저 왔어요……"

대장은 아이를 알아봤다.

"아가, 너 여그 와 있었구나? 아바이당게, 얼릉 이리 오너라."

내가 알기로 대장은 혼례를 치른 적이 없다. 그런데 아버지라니, 이해할 수 없었다. 잠시 후, 달빛에 물줄 자국이 가득한 아이의 얼굴이 드러났다. 피투성이의 맨발이었다.

대장은 뛰어가서 아이를 번쩍 들어 안아주었다.

"아가, 너 여그 어쩌다 온 거냐? 딴 아그들은 우짠 거고?"

아이는 대장을 만나고 나서 긴장이 풀렸는지 그의 품에서 그대로 잠들어버렸다.

대장에게 물었다.

"이 아이는 누구요?"

"이 아, 진구 아그 아니여."

"진구라면…… 작년에 죽은 우리 동지 말이오?"

"우리 동지들 여기에 가족이 있는 자들이 있네. 그들이 죽게 되면 자식들은 어떻게 되겠는가?"

대장은 오래도록 죽은 동지들의 자녀들을 키우고 있었다. 가끔 새벽에 없어졌다가 다음 날 오후가 되어서야 나타났던 그는 마을에 내려가 아이들을 만나고 오는 것이었다.

아이들은 여덟 명이었다. 먹을 것은 마을에 사는 다른 동지들이 챙겨줬지만, 대장은 아이들을 보러 내려갔던 것이었다.

그러나 아이가 대장을 아버지로 부르는 것은 이해가 되지 않았다.

"대장, 근데 아이들이 왜 대장을 아바이로 부르는 것이오?"

"아그란 건, 맨 먹는 거로만 크는 게 아녀. 어버이 눈빛을 먹고 자라는 거지. 그게 죽은 동지들이 바라던 거여…… 어버이 사랑을 먹어야 아그들이 클 수 있는 거

라. 그리고 내가 마을에 함 다녀와야 쓰겄다. 뭔 일이 난
거 같으니께."

"안 되오, 대장! 마을에 무슨 일이 생긴 거라면, 위
험하오."

"아 그 피투성이 된 발을 보고도 그러냐? 시간 없으
니께 얼릉 내려가야 혀. 너는 아를 잘 챙기고 있으라."

그렇게 그는 어둠 속으로 사라졌다.

아침이 되도록 대장은 돌아오지 않았다. 동지들에
게 아이를 맡기고 나 홀로 마을로 향했다.

오후가 되기 전에 마을에 도착했다.

마을 어귀에 심어진 나무가 보였다. 작은 느티나무
와 제법 크게 자란 버드나무.

저 나무를 심을 때, 대장과 다투던 기억이 순간 떠올
랐다.

"마을 어귀에 나무를 심으려고 하는데, 버드나무를
심으려고 합니다."

"아녀, 느티나무를 심으라구 하게."

"번거롭게 왜 느티나무를 심소? 버드나무가 빨리
자라니 금방 그늘을 만들어줄 거요."

"허지만 버드나무는 뿌리가 얕게 퍼지고, 한 백년 살다가는 죽는 거. 허니 천년을 버티는 뿌리 깊은 느티나무를 심는 게 좋을 것이여."

"우리는 광복해서 조선으로 돌아갈 테니 버드나무로 충분할 거요."

"채찬(백광운)아! 우리 싸움은 천년을 간다 해도 꼭 이루고 말아야 할 사명인 거여. 어쩌면 우리 아그들이 이어서 싸움을 계속할지 모를 일이여."

"재수 없는 소리 하지 마시오. 이 짓을 자식들이 이어가면 안 될 일이오."

결국 버드나무와 느티나무 두 그루를 함께 심었다.

벌써, 나무를 심은 지 15년이 지났다. 부쩍 큰 버드나무, 그리고 작지만 단단한 느티나무.

추억 회상을 멈추고 대장을 찾기 위해 마을 어귀 풀숲에 숨어서 동태를 살폈다. 너무도 고요했다. 몇몇 집들이 불탄 흔적이 육안으로 확인된다.

잠시 후, 한 곳간에서 소리가 들리는 것 같았다. 가까이 가서 확인하기 위해 몸을 움직이려는 순간, 곳간에서 사람의 고함이 들려왔다.

“아아악!”

단 한 번의 소리였지만, 분명 고통에 몸부림치는 소리였다.

잠시 후, 아이들이 우는 목소리들이 들려왔다.

곳간의 문이 열렸고, 일본군 열 명 정도가 나오면서 누군가를 밧줄에 묶어 끌고 나와 마당에 무릎 꿇렸다. 일본군에 잡힌 대장이었다. 모진 고문을 당한 것 같다. 곳간 문 사이로 아이들의 소리가 새어 나왔다.

혼자서는 대장도, 아이들도 구할 수 없는 상황이다.

일본군이 그의 머리에 총구를 겨누었다. 당장이라도 그를 죽일 것 같았다. 내가 있다는 신호를 주기 위해 두견새 소리를 크지 않게 내뱉었다. 대장이라면 내가 온 것을 알아챌 것이다.

대장은 고개를 들어 허공에 대고 큰 소리로 외쳤다.

“잘 들어라! 큰 나무가 작은 나무를 지킨다. 꼭 지켜야……”

탕!

그가 총부리에 맥없이 쓰러졌다. 나는 손으로 입을 꽉 틀어막았다. 그리고 소리 없이 눈물이 흘렀다.

큰 나무는 우리 동지들을 말한다. 작은 나무는 동지들의 자식들이다. 아이들을 지키라는 말을 끝으로 그는 차가운 흙바닥에 누워 있다.

며칠이 지난 후, 가까스로 아이들을 모두 구해냈다. 그리고 마을은 전소되었다.

아이들은 이제 스물여덟 명으로 늘어났다.

이제 아이들이 나를 '아바이'라고 부른다. 아이들과 남은 몇몇 동지들을 이끌고 북간도로 향했다. 살기 힘들 정도로 척박하지만, 그래서 아무도 관심 갖지 않는 곳. 안전하게 아이들이 커갈 곳이 필요했다.

죽은 동지들의 눈빛은 대장의 눈빛으로 이어지고, 그 눈빛은 이제 내게로 이어졌다. 나는 그 눈빛으로 아이들을 키워가야 했다.

끝나지 않을 것만 같았던 이 투쟁은 35년이 더 이어지고 광복을 맞이했다. 허리가 굽은 노인이 된 나는 다시 만주로 향했다.

전소되었던 마을은 이제 아이들이 뛰노는 생기 넘

치는 풍경이 되었다.

마을 어귀에 있던 느티나무는 이제 제법 큰 나무가 되었다. 그러나 어디에도 버드나무는 보이지 않았다. 마침 지나가는 노인을 붙잡고 물었다.

"여기 있던 버드나무는 어떻게 된 거요?"

"아! 그 버드나무? 벼락 맞고 죽었지. 그리고 그 나무로 거기 앉아 계시는 여기 마룻바닥을 만들었소."

문득 대장의 말이 떠올랐다.

"이 버드나무란 게 뿌리는 얕게 내리지만 금방 퍼지고 넓게 자라는 거여. 꼭 우리 독립군 같지 않냐? 발 디딜 땅 한 뼘 없어도 사방으로 퍼져서 싸우는 거 말이여. 그리고 이 느티나무는 말이다, 우리 후손인 거여! 광복된 조선에서 천년 뿌리 내려 살 우리 아그들이여."

하늘을 올려다보며 대장에게 마음속으로 말했다.

'대장, 이 버드나무는 우리 같구려. 느티나무 같은 아이들이 이제 뿌리를 내릴 거요. 그런데 좀 섭섭하오. 버드나무가 마루가 되었지만, 모두에게 잊혀지고 있소. 우리의 투쟁도 모두가 잊어가고 있소. 대장도 잊혀졌소.

하지만 버드나무가 마루가 된 것처럼, 우리의 여정

은 천년의 후손들에게 거름이 되었을 거요……
잊혀지지만, 잊혀질 수 없는 우리요……'

은 천년의 후손들에게 거름이 되었을 거요……
잊혀지지만, 잊혀질 수 없는 우리요……'

채찬

(미상~1924)

충청북도 충주에서 태어났다. 1905년 문경에서 의병에 참여했다. 일제강점 이후 남만주로 가 신흥무관학교에서 군사학을 전공했다. 백광운이라는 이름으로 서로군정서와 통의부에서 무장투쟁을 했다. 1923년 부대를 규합하고 임시정부에 대표를 파견해, 임시정부가 직접 관리하는 참의부를 결성했다. 참의부는 1924년 국경 시찰에 나선 사이토 마코토 조선총독 저격에 나섰으나 성공하지 못했다. 채찬은 참의부 참의장이자 중대장으로 활동했고, 같은 해 무장투쟁 단체들 사이의 갈등으로 피살됐다.

가짜 여학생

여성 독립운동 단체, 근우회

조영주

조영주

2011년 《홈즈가 보낸 편지》로 데뷔해 《붉은 소파》《반전이 없다》《혐오자살》 등 '형사 김나영' 3부작, 《크로노토피아》《은달이 뜨는 밤, 죽기로 했다》《쌈리의 뼈》 등 시간 테마 3부작 등을 썼다. 세계문학상, KBS김승옥문학상 신인상, 대한민국 디지털작가상, 한국추리문학상 황금펜상 등을 수상했다.

섭섭이는 학생복 차림으로 다닥다닥 집이 붙은 골목을 빠져나왔다. 7월이 되면서 폭염이 시작되었다. 기계가 쏟아내는 열기에 화상을 입는 일도 몇 번 생기는가 싶더니, 오늘 결국 기계가 펑 소리를 내고 연기를 뿜어냈다.

일본인 공장장은 떨떠름한 표정으로 하루 쉬자고 했다. 그 말을 듣자마자 섭섭이는 눈이 반짝 뜨였다. 오늘이야말로 명자의 학생복을 훔쳐 입기에 딱 좋은 날일 것 같았다.

같은 방을 쓰는 이 중 유일하게 야학을 다니는 아이가 있었다. 이름은 이명자로 섭섭이보다 키는 작았지만 나이는 두 살이 더 많았다. 명자는 공장 일이 끝나면

늘 학생복으로 갈아입었다. 모두가 피곤하다고 드러눕거나, 주전부리를 찾아 시끄럽게 떠들 때 명자는 조용히 혼자 봉놋방을 나섰다. 섭섭이는 그런 명자가 부러웠다. 야학에 다니는 게 부러운 게 아니라, 세련된 학생복이 탐났다. 오늘 섭섭이는 그런 명자의 학생복을 훔쳐 나왔다. 늦은 밤에야 수업을 가니 그전에만 돌려주면 될 일이었다.

섭섭이는 그간 눈여겨봐뒀던 종로 다방으로 향했다. 쭉 늘어선 다방 중 가장 많은 숫자의 어린 남자애들, 일명 메신저보이들이 현관에서 죽을 치고 있는 곳을 골랐다.

메신저보이의 숫자는 다방의 평판과도 같다. 다방에 온 모던걸, 모던보이는 상대를 기다리며 혹여 늦거나 빨리 오면 메신저보이를 통해 연서를 날린다. 북적거리는 다방일수록 이런 일이 많고, 자연스레 메신저보이가 꼬이기 마련이다. 또 이런 다방에서는 즉석으로 서로 눈이 맞아 대화를 나누는 일도 많았다.

섭섭이는 메신저보이가 못 잡아도 댓 명은 쭈그리고 앉아 있는 문 앞에 섰다. 새삼 자신의 옷차림을 정돈

한 후 잔뜩 긴장해 문을 열었다.

"이랏샤이-마세."

문을 열자 일본어로 인사가 들려왔다. 섭섭이는 이 인사에 흠칫 놀랐지만 애써 아무렇지 않은 척 똑같은 말투로 받아쳤다.

"곤니찌와."

이 정도 일어는 공장에서 일하며 배웠다. 섭섭이가 일어로 대꾸하자 웨이터는 그가 일어를 한다고 생각한 듯 자리로 모신 후 다시 한번 일어로 물었다.

섭섭이는 속으로 적잖이 당황했다. 섭섭이가 할 수 있는 일어라고는 오하이오, 곤니찌와, 스미마셍 같은 것밖에 없었다. 섭섭이는 잠시 고민했다. 그냥 우리말로 할까. 하지만 그건 아무리 생각해도 너무 쪽팔렸다. 이왕 학생복을 입었으니 좀 더 모던걸로 보이고 싶었다. 섭섭이는 웨이터가 메뉴판을 놓고 말하면서 중간에 "코히"라고 말하는 것을 알아들었다. 코히, 커피였다. 그거라면 알았다.

"코히, 히토츠 구다사이."

커피 한 잔 주세요. 이건 외워두었다. 지배인은 "와

까리마시다”라고 말하더니 자리로 돌아갔다.

섭섭이는 지배인이 가고 나서야 후아, 하고 안심하고 긴장을 풀었다. 그랬더니 가슴의 여성복 단추가 터질 것 같아 다시 등을 곧추세웠다.

얼마 안 가 커피가 나왔다. 웨이터는 또 일어로 섭섭이에게 무어라 설명했다. 뭐라 하는지 알아들을 수 없었지만 갖고 온 걸 먹으라는 뜻이겠거니 싶었다.

섭섭이는 커피도 먹어본 적이 없었다. 이번이 처음이었다. 웨이터가 간 후 앞에 놓인 커피와 우유, 각설탕을 잠시 보다가 일단 커피만 홀짝여봤다. 먹자마자 저도 모르게 뱉을 뻔했다. 너무 썼다. 이걸 왜 먹나 싶어 주변을 보니, 옆자리 모던걸들이 커피에 각설탕과 우유를 타서 먹고 있었다. 섭섭이는 그대로 흉내 냈다. 우유와 설탕을 넣었더니 훨씬 먹을 만했다. 섭섭이는 저절로 만족감이 들어 혼잣말을 중얼거렸다.

“나도 이제 모던걸이야.”

“어디 학생이에요?”

이런 섭섭이에게 누군가 말을 걸어왔다. 섭섭이는 깜짝 놀라 옆을 바라보았다. 방금 섭섭이가 행동을 따라

한 모던걸들이 웃으며 말을 시켜왔다. 섭섭이는 그들의 모습이 너무 눈부셔 할 말을 잃었다. 그러자 다시 한번, 그들 중 한 명이 웃음기 가득한 표정으로 섭섭이에게 말을 붙였다.

"어디 학생이에요? 이 시간에 다방을 다 오고."

"아, 저, 저는……"

섭섭이는 뭐라고 말해야 할지 몰랐다. 뭔가 명자한테 들은 말이 있었던 것 같은데. 뭐였더라. 그러니까 그게, 근, 근 뭐였는데.

"저는 근……요."

"근……우회? 아아, 근우회 학생이야?"

다행이다! 맞게 말했구나!

"학생 이름은?"

"섭섭이…… 아, 아니 헬렌입니다. 서헬렌."

이 말에 신여성들이 가볍게 웃음을 터뜨렸다. 섭섭이는 본명을 들킨 것 같아 조마조마했다. 신여성들은 생글생글 웃으며 다시 말을 걸었다.

"서헬렌 양. 우리도 근우회인데. 그렇다면 우리 행동강령도 잘 알겠어요."

행, 행동강령? 그건 또 뭐지?

"예에, 알죠, 잘 알죠."

"한번 말해볼래요?"

내가 왜 안다고 했지. 섭섭이는 눈앞이 캄캄했다. 괜히 이상한 소리를 했다. 섭섭이가 대답을 못하자 여성이 웃음을 터뜨렸다.

"헬렌 양, 본명 아니죠?"

"네, 네? 아, 아닙니다, 저 서헬렌이에요!"

"하지만 이름표에는 이명자라고 적혀 있는걸."

섭섭이는 그제야 학생복에 붙은 이름표의 존재를 깨달았다.

"이, 이게 이름이구나."

섭섭이가 작은 소리로 말하다가 입을 다물었다. 얼굴이 벌게졌다. 글자를 못 읽는 게 들통나고 말았다. 것도 진짜 모던걸들한테. 섭섭이는 창피했다. 어서 이 자리를 피하고 싶었다. 급히 자리에서 일어나 "실례했습니다"라고 말하고 다방을 뛰쳐나갔다. 뒤에서 웨이터가 무어라 말했지만 들리지 않았다. 그저 이 자리를 피하고 싶을 뿐이었다.

섭섭이는 정신없이 달렸다. 어찌나 빨리 달렸는지 순식간에 봉놋방이 있는 미로 같은 판자촌 골목 앞에 도착할 지경이었다.

"저, 저기요. 저기. 저기."

뒤돌아보니 앳된 얼굴의 메신저보이가 서 있었다.

"어떻게 그렇게 잘 뛰어요? 한참 쫓아왔네."

"무슨 볼일이니?"

메신저보이는 숨을 고른 후 섭섭이에게 말했다.

"여사님이 말씀 전하래요. 여사님 아는 분도 젊었을 때 이름이 섭섭이었대요. 여사님이 창피를 줘서 미안하다고 전해달랬어요. 그러면서 생각 있다면 언제든 근우회를 찾아오라고, 글자를 가르쳐줄 수 있다고 하세요."

"선생님들?"

"네, 다들 근우회 선생님들이세요. 모르셨어요?"

섭섭이는 갑작스러운 제안에 당황했다. 아까 일을 생각하면 너무 창피했다. 하지만 진짜 근우회에 갈 수 있다면 바라지마다 않는 일이었다.

그곳에 간다면 글자를 배울 수 있다. 학생복도 받을지 모른다. 나와 같은 이름의 사람도 있다고 했다. 그렇

다면 나도 진짜 신여성이 될 수 있을까?

"갈 거예요? 그럼 저 따라오시고요. 오래는 못 기다려요."

섭섭이가 계속 머뭇거리자 메신저보이가 말했다.

"잠깐만 기다려줄래?"

이렇게 말하며 섭섭이가 표정을 굳혔다.

"옷 갈아입고 와야 해서. 이거 내 옷이 아니거든."

"와."

이 말에 메신저보이가 놀란 소리를 냈다.

"왜 그러니?"

"여사님이 그랬거든요. 누나가 자신이 생각하는 사람이라면 분명 옷을 본래 주인에게 돌려줘야 한다고 말할 거라고, 그렇게 말한다면 기다리는 시간까지 셈을 해줄 테니 꼭 기다렸다가 같이 오라고."

메신저보이의 말에 섭섭이는 다시 한번 가슴이 뛰었다. 어쩐지 자신에게 아주 큰 미래가 열린 듯한 기분이 들었다.

근우회
(1927~1931)

1927년 5월 27일 여성의 지위 향상을 목표로 만들어진 전국적인 여성운동 단체. 기독교·민족주의·사회주의 계열의 여러 단체들이 참여해 국내와 해외에 지회를 두고 활동했다. 여성도 남성과 같은 교육을 받을 권리, 조혼 폐지, 결혼과 이혼의 자유, 임신과 출산 전후의 유급 휴양, 언론·집회·결사의 자유 등을 주장했다. 항일 만세 시위 등에 참여하면서 핵심 간부가 구속되고, 1931년 해산됐다.

철야

글 쓰는 여성 무장투쟁가, 박차정

김의경

이 당선되며 작품 활동을 시작했다. 장편소설 《헬로 베이비》,
소설집 《쇼룸》《두리안의 맛》 등을 썼다. 2018년 장편소설 《콜
센터》로 수림문학상을 수상했다.

김의경

2014년 한국경제신문 청년신춘문예에 장편소설 《청춘 파산》

소현과 하나가 무작정 부산에 도착했다며 전화를 걸어왔을 때, 정미는 겉옷만 걸친 채 곧장 역으로 나갔다. 거리는 벌써 어둑했다.

정미를 마주치자마자 소현이 활짝 웃으며 말했다.

"쌤한테 간다고 하니까 허락해주셨어요."

반면 하나는 부모님 허락도 받지 않고 그냥 왔다고 했다. 정미는 그 자리에서 하나 어머니에게 전화를 걸었다. 기다렸다는 듯 어머니가 바로 전화를 받았다.

"하나가 전화를 안 받아서 소현이한테 연락했더니 문예반 선생님하고 문학기행을 간다고 하더라고요. 정말인가요?"

정미는 얼버무리듯 대충 둘러대고 전화를 끊으려

했지만 어머니가 말을 이었다.

"선생님, 하나가 요즘 아빠와 냉전 중이에요. 잘 달래서 아빠 말도 좀 들어보라고 해주세요."

전화를 끊은 다음 정미는 두 아이를 보며 웃었다.

"오늘은 우리 집에서 자고 가. 내일 점심쯤엔 집에 보내겠다고 말씀드렸어."

소현과 하나는 서로 끌어안으며 기뻐했다. 두 아이는 정미가 지도하는 문예반 학생이었다. 방학을 맞아 어머니 집에 내려올 때 부산 구경하고 싶으면 한번 들르라며 인사치레로 건넨 말이 씨앗이 되어버릴 줄은 몰랐다.

"이렇게 갑자기 오면 당황스럽잖아. 미리 말하고 일찍 왔으면 제대로 구경시켜줬을 텐데."

저녁 시간이라서 어디로 가야 할지 막막했다. 정미는 아이들을 집으로 데려갔다. 팔순이 넘은 어머니가 정성껏 밥을 차려주었다.

정미는 식사를 마치자마자 아이들을 데리고 밖으로 나왔다. 앞서 걷던 소현이 뒤돌아보며 투덜댔다.

"쌤, 대체 어디 가는 거예요? 너무 더워요."

두 아이는 편의점에 들러 아이스크림을 사서 나왔

다. 정미가 이마의 땀을 닦으며 말했다.

"거의 다 왔어. 저기야."

정미의 손가락이 가리킨 곳에는 동상이 하나 서 있었다. 소현이 눈을 반짝이며 말했다.

"오, 멋진데? 총을 든 여자 동상은 처음 봐. 군인인가봐."

동상으로 다가간 하나가 동상을 떠받친 좌대에 새겨진 글자를 읽었다.

"박차정 의사상?"

소현이 동상 근처에 놓인 표지판을 들여다보며 글자를 더듬었다.

"한국 여성 독립운동의 거목으로 활동한 점이 인정되어…… 쌤, 너무 모범생 코스잖아요."

"문학기행 간다고 한 건 너였잖아."

"독립운동가하고 문학기행이 무슨 상관이에요?"

하나는 동상을 멀거니 올려다보며 말했다.

"근데 저 처음 들어봤어요. 이렇게 대단한 사람인데 왜 몰랐을까요?"

"덜 알려졌지만 박차정은 유관순 못지않은 독립운

동가야. 부산 동래 출신이어서 여기 금정문화회관 옆 '만남의 광장' 부지에 동상이 세워졌지. 독립운동가 가문에서 자랐고, 두 오빠 모두 독립운동을 하다가 형무소에서 감옥살이를 했어. 차정은 글을 잘 썼대. 나혜석 작가가 교지에 실린 글을 읽고 찾아가서 작가가 되라고 격려했을 정도로. 박차정이 쓴 《철야》는 겨울날 옥사를 한 독립투사의 아들딸이 추위와 굶주림을 견디며 밤을 밝히는 이야기인데, 박차정의 자전소설이야."

정미도 조용히 동상을 올려다봤다. 오래전 은사님이 했던 말이 떠올랐다.

"그런데 박차정은 등단보다 나라의 독립이 먼저라고 했대."

하나가 눈을 크게 뜨며 물었다.

"나혜석이라면 경성을 발칵 뒤집어놓은 그 나혜석이요?"

하나는 지난 학기에 문예반 친구들과 함께 나혜석의 소설과 수필을 낭독했다. 소현이 팔짱을 끼며 중얼거렸다.

"하긴, 문학은 힘이 없으니까요."

120

하나가 소현에게 물었다.

"정말 그렇게 생각해?"

문예반 친구들끼리 자조적으로 하던 이야기였다. 아무도 책을 읽지 않는데 글을 쓰면 뭐 하냐고, 글을 쓰더라도 취업이 잘되는 학과로 진학해야 한다고 했다. 그런 아이들에게 정미도 작가의 꿈을 밀고 나가라고 섣불리 조언할 수 없었다. 정미는 문예반 학생들에게 글을 쓰라고 독려하면서도, 정작 자신은 소설가로 등단해 5년 전 책을 한 권 출간한 이후로 한 글자도 쓰지 못했다.

하나는 아이스크림을 혀로 핥으며 말했다.

"힘이 있다 해도 사람들에게 닿으려면 시간이 걸릴 거 같아. 그래서 박차정 의사의 선택이 이해가 돼. 나라도 나라를 빼앗긴 상황에서 오빠가 독립운동을 하다가 잡혀가면 혼자 방 안에서 글만 쓰고 있을 순 없을 것 같거든."

정미도 아이스크림을 한입 베어 물고 말했다.

"박차정은 고등학교 다닐 때부터 항일 무장투쟁을 주도해서 감옥에 들락거렸어."

"어린 여학생이 무장투쟁을요?"

"남자보다 총을 더 잘 쐈다고 해. 졸업 후에는 의열단에서 무장투쟁을 벌였고 항일 여성운동 단체인 근우회에서는 중심인물로 활약하며 독립운동을 이어갔지."

고등학교 2학년 때 아버지가 사고로 세상을 떠난 뒤, 정미는 어머니와 함께 부산으로 내려왔다. 그곳에서 만난 은사님은 지금의 정미 또래였던 국어 선생이었다. 수능을 앞두고도 틈틈이 소설을 써 건넸던 정미에게 선생님은 박차정이라는 인물에 대해 알려줬다. 문학에 재능이 있었던 어린 학생이 항일 학생운동의 선봉에 서서 호된 고문을 당하고 감옥살이를 했다는 이야기는 기억에 강하게 남았고, 이후로 정미는 박차정의 작품을 찾아 읽었다.

하나는 1학년 때부터 줄곧 여군이 되기를 꿈꿨다. 체대에 진학해 여군 장교가 되겠다는 하나에게 아버지는 군인의 삶은 생각보다 더 힘들다면서 사범대에 진학하는 게 어떻겠냐고 했다. 하나가 자신의 꿈을 접고 아버지의 말을 따를 리는 없지만, 얼굴이 해쓱한 걸 보면 마음고생이 심한 것 같았다. 문예반 활동에 가장 열의를 보이던 소현도 급격히 나빠진 가정 사정으로 고민이 많았다. 언니와 오빠가 대학 진학을 포기하고 생계를 위해 일터로 나선 상황에서, 자신만 시를 쓰겠다고 대학에 가는 건 사치처럼 느껴진다고 했다.

아이스크림이 막대를 드러낼 즈음 하나가 물었다.

"선생님, 목숨 바쳐가며 나라를 지켰는데 젊은 나이에 죽고 이렇게 외롭게 홀로 서 있으니 박차정이 얻은 게 뭐예요?"

정미는 말없이 웃었다. 그에 대한 답은 소현과 하나가 살면서 자연스럽게 찾을 수 있을 거라고 생각했다. 이 나라의 아들딸들이 독립된 나라에서 자신이 선택한 인생을 살아갈 수 있도록 한 것. 그것이 박차정의 바람 아니었을까. 정미를 비롯해 소현, 하나 그리고 박차정 의사의 동상을 스쳐 지나가는 사람들이 바로 그녀의 희생이 헛되지 않았다는 증거였다.

새벽 세 시, 한밤중에 잠이 깬 정미는 아이들 방문을 열었다가 숨이 멎을 듯 놀랐다. 침대가 비어 있었다. 정미는 즉시 하나에게 전화를 걸어서 지금 어디냐고 물었다. 전화기 너머에서 하나가 아닌 소현의 장난기 어린 목소리가 들려왔다.

"쌤, 우리 지금 차정 언니랑 같이 있어요."

정미는 전화를 끊자마자 동상이 있는 곳으로 달려 갔다. 정미는 동상 앞에서 아이들의 실루엣을 보고 안도 하며 숨을 삼켰다.

"위험하게 새벽에 뭐 하는 짓이야? 언제부터 여기 있었어?"

소현이 웃으며 말했다.

"한 시쯤? 그냥 잠이 안 와서요. 침대에 누워서《철 야》이야기를 하다가 나왔어요. 오늘 밤 우리도 밤을 새 우며 차정 언니 곁에 있어주면 어떨까 해서요."

하나가 진지한 표정으로 말했다.

"우리가 깨어서 기억하는 동안은 잊히지 않는 거잖 아요."

"어서 가자. 너무 늦었어."

하나의 말이 귓가에 맴돌았다. 곱씹어보니 뭉클했 다. 소현과 하나는 동상을 배경으로 셀카를 찍은 뒤 마 지못해 일어났다. 그리고 가벼운 발걸음으로 정미를 앞 질러 나아갔다. 정말 사범대 갈 거야? 아니, 절대로. 원 하는 학과에 못 갈 바엔 대학 안 갈래. 난 대학에 가건

안 가건 꼭 시를 쓸 거야. 재잘대는 아이들의 목소리 너머로, 입술을 앙다문 박차정의 모습이 겹쳐졌다.

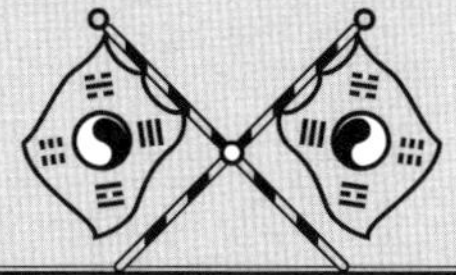

박차정

(1910~1944)

부산 동래에서 태어났다. 1927년 설립된 전국 여성단체 근우회의 중앙집행위원으로 출판과 선전 업무를 맡았다. 근우회 활동으로 일제에 의해 체포됐다가 풀려났지만, 계속 감시가 이어지자 1930년 중국으로 망명했다. 김원봉이 주도하던 무장독립운동 단체 의열단에 합류, 김원봉과 결혼했다. 중국에서 일본 침략을 규탄하는 방송과 기고 활동을 벌였고, 무장단체인 조선의용대에도 참가했다. 전투 중 입은 부상 후유증으로 1944년 사망했다.

조선 여자 남자현

손가락을 끊어 피로 쓴 독립 염원

이승우

이승우

1981년 《한국문학》에 《에리직톤의 초상》이 당선되어 등단했
다. 장편소설 《생의 이면》《식물들의 사생활》《지상의 노래》
등, 중단편집 《사랑이 한 일》《신중한 사람》《모르는 사람들》
등을 펴냈다. 대산문학상, 동인문학상, 이상문학상 등을 수상
했다.

……작년에 나온 내 자서전《학자와 코끼리》에는 주로 인도에서의 경험이 들어 있습니다. 인도는 나에게 각별합니다. 아버지가 인도 총독으로 있을 때 그곳에서 태어났고, 성장기에 케임브리지로 와서 공부를 했지만 그 후 공직 생활의 대부분을 인도에서 했으니까요.

자서전이 나온 후에 적지 않은 사람이 '국제연맹 중일 분쟁 조사위원회' 활동에 대해 언급하지 않은 이유를 묻더군요. 한 권 더 쓰려고 그걸 남겨뒀느냐고 묻는 사람도 있었어요. 물론 만주국을 세운 일본의 침략 야욕을 밝혀낸 조사단 활동이 내 인생에서 빼놓을 수 없는 일인 건 맞습니다. 그렇지만 그 활동에 대해서는 보고서에 상세히 기술했고, 또 각국의 이해관계에 따른 처신 때문에 우리 보고서가 제대로 반영되지 못한 데 대한 실망이 커서 돌이켜 보고 싶지 않은 마음이 있는 것도 사실이었습니다. 일본이 만주사변을 일으키고 만주국이라는 괴뢰국을 세웠다는 보고서 내용에 불만을 품고 국제연맹을 탈퇴했는데, 국제사회는 그런 일본을 제재하지 못했거든요.

그러니까 그때 일을 회고하자고 다시 자서전을 쓸 이유는 없습니다. 그러면 새삼스럽게 뭘 또 쓰겠다는 건지 궁금해하는 분들이 있는 것 같습니다. 노욕이라고 흉보는 분도 있고 내 건강을 염려하는 분도 있는 줄 압니다. 예순여덟 살 먹은 노인의 생일을 축하하겠다고 이렇게 찾아와준 여러분 중에도 그런 분이 있는 것 같아 내 갑작스러운 글쓰기 충동이 어디서 비롯한 건지 이 자리에서 말하려고 합니다.

예상했지만, 만주에서 조사단 활동을 하는 동안 우리를 만나려는 사람들이 꽤 많았습니다. 주로 중국인과 일본인이었고, 러시아인과 조선인도 있었습니다. 그들은 우리가 쓸 보고서에 영향을 주려고 탄원서 같은 걸 가져왔어요. 물론 우리는 그들과 접촉하지 않았지요. 아니, 접촉이 불가능했다고 해야 할 겁니다. 일본 경찰이 우리가 묵고 있는 호텔을 철저히 감시했거든요. 그런데 그 감시와 보안망을 뚫고 내게 접근한 사람이 있었어요. 대단한 여자지요. 네, 여자였어요. 선교 활동을 하고 있던 사촌을 만나려고 인력거꾼을 불렀는데, 세상에, 여자가 나타난 겁니다. 처음엔 물론 여자라는 걸 몰랐지요.

이 사람이, 인적이 드문 골목에 이르러 인력거를 멈추고 대뜸 품에서 뭔가를 꺼내는데, 가슴이 덜컥 내려앉더군요. 놀라서 소리쳤어요.

"누구냐? 무슨 짓을 하려는 거냐?"

아마 내 목소리는 떨려서 나왔을 겁니다. 그런데 인력거꾼이 안심하라는 듯 황급히 손을 내저으며 고개를 숙이는가 싶더니 머리에 두르고 있던 두건을 푸는 겁니다. 그러자 검고 긴 머리카락이 나타나더군요.

의당 호통을 치며 무슨 조치든 취했어야 하는데 이상하게 그게 안 됩디다. 여자여서 그랬을까요? 무장을 하지 않은 데다가 나이도 꽤 들어 보여서 안심한 걸까요? 어느 정도는 그랬을 겁니다. 하지만 그게 전부는 아

니었어요. 그녀의 눈빛 때문이었습니다. 간절함과 결연함이 함께 섞여 만들어진 그런 눈빛은 전에도 못 보았고 나중에도 본 적이 없습니다. 그 눈빛은 호소하면서 동시에 강요하고 있었습니다. 어떤 호소보다 간절하고 어떤 강요보다 결연했습니다.

“나는 조선의 독립군입니다.”

그녀가 품에서 봉투를 꺼내 내밀면서 영어로 말하더군요. 발음은 어색했지만 할 말을 외워 온 듯 또렷하고 분명했습니다.

“이게 뭐요?”

나는 그녀가 내민 누런 봉투를 엉겁결에 받아들고 물었습니다.

“독립을 원하는 우리 조선 사람의 간절한 뜻을 담았습니다. 세계에 우리 뜻을 알려주십시오.”

그녀가 그 말을 덧붙였습니다. 그리고 다시 두건을 쓰고 인력거를 끌었습니다.

나는 혼란스러웠지만 봉투를 열어 그 안에 든 것을 확인했습니다. 피처럼 붉은 글씨가 적힌 수건이 한 장, 그리고 헝겊에 싸인 손가락 한 마디가 나왔습니다. 세상에! 진짜 사람의 손가락 마디였어요. 머리카락이 쭈뼛 서는 것 같더군요. 놀라지 않은 척하려고 얼마나 애를 썼는지 모릅니다.

"이게 뭐요?"

나는 같은 질문을 되풀이했습니다. 그 여성이 내가 겁먹었다고 생각할까봐 부러 목소리에 힘을 주었던 것도 같습니다.

"제 손가락입니다. 염원이 전해지기를 바라며 내 손가락을 잘랐습니다."

그 글씨는 피처럼 붉은 잉크가 아니라 말 그대로 피로 쓴 글씨였던 겁니다. 이게 당신 손가락이란 말이오? 하는 내 물음에 그녀는 자신의 왼쪽 손을 들어 보이더군요. 넷째 손가락 한 마디가 없었습니다.

"뭐라고 쓴 거요?"

나는 얼굴을 찡그리며 물었습니다.

"조선독립원朝鮮獨立願. 조선은 독립을 원한다는 뜻입니다. 천하에 우리 뜻을 알릴 기회를 주려고 하나님이 당신을 여기 보냈다고 나는 생각합니다. 죽기 전에 내 조국 조선이 독립하는 걸 보는 것이 예순 살 먹은 늙은 조선 여자 남자현의 유일한 소원입니다.”

60살 먹은 여자 독립군이라니! 자기 손가락을 잘라 혈서를 쓰다니! 그보다 더 무서운 게 어디 있을까요? 네, 솔직히 무서웠습니다. 칼을 들이댄 것도 아니고 총을 쏜 것도 아닌데, 염원을 표현하는 그 방식이 내게는 좀 충격이었습니다.

하지만 그녀에게 무슨 약속을 한 건 아닙니다. 만주국 수립의 허구성을 다룬 공적 문서에 한 조선 독립군의 요청을 넣는 건 마땅치 않은 일이라고 판단했습니다. 나는 지금도 그 판단이 옳았다고 생각하고 있습니다. 수없이 많은 각국의 탄원을 다 반영할 수는 없는 일이었어요.

귀국하여 정치인으로 바쁘게 사는 동안 가끔 그때 일을 떠올렸습니다. 그 조선 여성의 눈빛과 끊어진 손가락 마디와 피로 쓴 글씨. 하지만 그뿐이었습니다. 그때 일이 떠오르면 마음이 불편해져서 얼른 다른 쪽으로 생각을 돌리곤 했어요.

그런데 내 자서전이 나오고 몇 달 지나지 않은 어느 날 그 여자가 내 꿈에 나타났어요. 꿈속에서 나는 몇 달

전에 나온 내 자서전을 읽고 있었어요. 무슨 모임이었는지 모르겠는데 스무 명 정도 되는 사람이, 지금 여러분들처럼 둥글게 모여 앉아 나를 바라보고 있고, 아, 여기 계신 분들 가운데 몇 명은 그 자리에도 오셨더군요, 암튼 낭독을 하려고 책을 펼쳤어요. 그런데 갑자기 웬 여자가 내 귀에 대고, 왜 내 말을 세상에 알리지 않은 겁니까? 하고 속삭이지 뭡니까? 그녀는 속삭였지만 내 귀의 안쪽에 집어넣을 듯 가까이 대고 말했기 때문에 내게는 천둥 치는 것처럼 들렸어요.

"왜 우리 염원을 무시하는 겁니까?"

놀라서 몸을 뒤로 젖히며 누구냐고 소리치는데, 이번에는 거기 모인 사람이 다 들을 수 있게 진짜 천둥 치는 소리로 "나는 조선 여자 남자현입니다" 이러는 겁니다.

세상에! 그때 그 눈빛 그대로였습니다. 간절함과 결연함. 호소하고 강요하는, 거부하기 힘든 눈빛. 그런데 더 이상하고 거북한 일이 벌어졌어요. 거기 모인 사람들이 한목소리로 그 여자를 따라 말하는 겁니다.

"왜 내 말을 세상에 알리지 않은 겁니까? 왜 우리 염원을 무시하는 겁니까?"

대부분 내 동료들인 그 사람들이 그 여자의 지휘에 따라 합창을 하며 나를 몰아치는데, 정신을 차릴 수 없더군요. 거대한 물결이 몰려오는 것 같았습니다. 항복할 수밖에요. 당신의 말, 당신들의 염원을 천하에 전하겠다고 약속하고 다짐하고 맹세하고 그러다가 깨어났는데, 얼마나 시달렸는지 잠옷이 온통 땀에 젖어 축축하더라니까요.

그 순간 땅에서 울부짖는 아벨의 피가 생각난 걸 어떻게 이해해야 할지 모르겠습니다. 살인자 가인을 향해 여호와가 추궁하잖아요. "네가 무슨 짓을 저질렀느냐? 네 아우의 피가 땅에서 울부짖는다."

짓밟힌 조선 사람들의 피가 울부짖는 소리를 들은 것 같았어요. 저들의 울부짖음을 나는, 내 일이 아니라고 방관만 하고 있었구나. 목숨을 걸고 나를 찾아와 전한 그 염원을 나는, 나와 상관없다고 외면하며 살아왔구나. 부끄러워서 꿈속에서도 울고 꿈 밖에서도 한참 울었습니다. 내가 책을 한 권 더 써야겠다고 마음먹은 사연이 이러합니다……

세계대전이 끝나고 국제 질서가 재편되는 과정에 그의 경험을 필요로 하는 기관이 많아지면서 빅터 불워 리턴은 이전보다 바빠졌다. 특히 인도 독립과 양국 간의 관계 개선을 논의하는 자리에 자주 불려 나갔다. 과로가 원인이었을까? 특별한 병이 없던 그는 1947년, 71세로 세상을 떠났다. 두 번째 자서전을 쓰기로 마음먹은 사연을 소개한 지 3년 만이었다. 그의 두 번째 자서전은 나오지 않았다. 다만 그의 68세 생일을 축하하는 자리에 참석하여 그 사연을 들었던 지인 가운데 한 명이 한 신문 기자에게 알렸고, 그 기자가 리턴의 2주기에 맞춰 기사를 쓴 것은 확인된다. 그 기사의 제목은 이러하다. '조선 여자 남자현: 손가락을 끊어 피로 쓴 독립 염원'.

남자현
(1872~1933)

경상북도 안동에서 태어났다. 남편 김영주는 1896년 일본군과 싸우다 전사했다. 46세에 3·1운동이 일어나자 아들과 함께 중국으로 이주해 서로군정서에 가입하고 독립군을 지원했다. 1926년 서울에서 사이토 마코토 조선총독 암살을 계획했지만 이루지 못했다. 1933년 만주에서 무토 노부요시 일본 대사 암살을 계획하던 도중 일본 경찰의 불심검문으로 체포됐다. 이후 감옥에서 단식 투쟁을 하다 순국했다. 영화 〈암살〉의 주인공 안옥윤이 남자현을 바탕으로 만들어졌다.

내 이름은 민지사,
조선 여인들을 돕지요

여성 교육으로 항일정신을 일깨운
이사벨라 멘지스

김유담

김유담

2016년 서울신문 신춘문예에 당선되며 작품 활동을 시작했다. 소설집 《탬버린》 《돌보는 마음》, 장편소설 《이완의 자세》 《커튼콜은 사양할게요》, 중편소설 《스페이스 M》 등을 출간했다. 신동엽문학상과 김유정작가상을 수상했다.

"아이들이 오늘 출옥하니 그들의 옷을 보내라."

1919년 8월 17일, 아침 일찍 학교를 방문해 소식을 전하는 일본인 경찰 앞에서 멘지스 사감은 저도 모르게 눈시울이 붉어졌다. 징역 6개월을 선고받고 복역 중이던 일신여학교 학생 열한 명이 오늘 출옥한다는 소식이었다. 며칠 전부터 학생들이 풀려날지도 모른다는 소문이 전해졌지만 반신반의했던 멘지스와 한국인 교사들은 그저 이 모든 일이 하나님의 은혜처럼 여겨졌다.

"그렇지 않아도 아이들 옷은 모두 준비해놓았어요. 저희가 가서 데리고 올 테니 교장 선생님은 학교를 지키고 계세요."

"김 선생, 나는 이제 교장이 아니래도. 이제 데이비

스 선생님이 교장이고 저는 사감이라고 불러줘야죠. 그럼 오늘 저는 나가보지 않을 테니 잘 부탁해요. 나는 학교에서 우리 학생들 맞을 준비를 할게요.”

멘지스는 김 선생에게 어서 가보라는 손짓을 했다. 기숙사로 향하는 멘지스의 발걸음이 평소보다 가벼웠다. 아직 일어나지 않은 아이들을 깨우고 어서 이 기쁜 소식을 전할 생각이었다. 1891년 호주 선교사로 부산에 파견돼 부산·경남 지역 최초의 근대 여성 교육기관인 일신여학교를 설립하고 초대 교장을 역임했던 멘지스는 이제 함께 온 선교사 데이비스에게 2대 교장 자리를 물려주고 사감 교사로서 학생들을 지근거리에서 살피는 역할을 맡고 있었다.

지난 3월에 겪은 일을 생각하면 멘지스는 지금도 가슴이 두근거렸다. 3월 1일 서울에서 큰 규모의 만세운동이 벌어졌고, 부산에서도 그 뜻을 이어받아야 한다는 움직임이 감돌고 있다는 걸 멘지스는 모르지 않았다. 부산에서 독립운동의 기운이 가장 먼저 불타오른 곳이 일신여학교였다. 독립선언서가 서울에서 비밀리에 학생대

표단에게 전해지면서 일신여학교 학생들은 부산 최초
의 만세운동을 준비했다. 학생들은 기숙사 벽장에서 이
불을 뒤집어쓰고 불빛을 가린 채 시집갈 때 혼수로 쓰려
했던 옷감을 찢어 태극기를 만들었다. 기숙사 사감을 맡
고 있던 멘지스는 태극기 제작에 필요한 깃대를 몰래 제
공했다.

3월 11일 저녁, 일신여학교 학생들과 교사들은 준
비한 태극기를 손에 들고 좌천동 거리로 달려나가 독립
만세를 부르며 일제에 저항했다. 멘지스는 거리로 뛰어
나가 함성을 외치는 학생들을 말릴 수 없었다. 그들은
옳은 일을 하고 있었고, 배운 일을 실천하는 중이었다.
그럼에도 그들이 안전하게 학교로 다시 돌아오기는 쉽
지 않다는 걸 알고 있었다. 안절부절못하고 교정을 왔다
갔다 하던 멘지스에게 학생 한 명이 다가와 말을 전했
다. 만세운동이 일제에 의해 모두 진압됐고, 현장에 있
던 학생들과 교사들이 체포됐다는 소식이었다.

그날 밤 멘지스는 학교 안에 있던 모든 태극기를 불
태웠다. 학교에 남은 다른 학생들을 보호하기 위해서는
어쩔 수 없는 조치였다. 그날 밤 학생들에 이어 일신여

학교의 다른 외국인 교사 호킹과 데이비스도 경찰서에 연행됐다는 소식이 들려왔다. 곧 다음 차례는 자신일 거라고 생각하며 멘지스는 마음을 다잡았다.

경찰서 취조실에 불려 간 멘지스는 의연한 척하려고 일부러 고개를 꼿꼿이 들었다. 일본인 경찰은 가소롭다는 듯 기분 나쁜 웃음을 흘리며 물었다.

"이사베루르…… 메누지스…… 당신 이름이 이거 맞습니까? 이름이 왜 이리 어렵소?"

"이사벨라 멘지스, 그 발음이 어렵다면 민지사로 불러주시오. 내 조선 이름이 민지사요."

"민지사? 당신 조선 사람이오?"

멘지스의 파란 눈을 빤히 들여다보며 일본 경찰이 다시 물었다.

"아니요, 나는 호주 사람입니다."

"재미있군. 그런데 왜 호주 사람이 조선에 와서 조선 이름을 쓰는 거지? 굳이 이 나라에 온 목적이 뭐요?"

"조선인들에게 학문과 하나님 말씀을 전하기 위해서입니다."

"그 말을 나한테 믿으라는 거요? 당신은 이곳에 오

기 전 당신의 나라에서 범죄한 사실이 있습니까?”

“없습니다.”

“당신의 해로운 가르침으로 학생들이 감옥에 있는데 수치스럽지 않습니까?

물론 멘지스는 전혀 수치스럽지 않다고 대답했다.

“호주 사람이 왜 조선에 와서 조선 여자들 가르치는 학교를 세운 거요?”

“나는 여성이지만 운이 좋게 호주에서 태어나 교육을 받을 수 있었고, 먼 타국으로 와서 꿈꾸던 일을 도모할 수 있었습니다. 하지만 여기 조선 여인들은 여자라는 이유로 멸시받고 배움에서 배척받아왔어요. 그들을 돕고 싶어요. 조선 여인들이 교육을 통해 스스로 살아갈 힘을 얻기를 바랍니다.”

“끝까지 잘난 척이군. 당신이 지금 배후에 있다는 걸 내가 모를 줄 알아? 집구석에 잘 있던 애들을 꾀어내 쓸데없는 걸 가르쳐서 지금 이런 사태가 벌어진 걸 모르나봐. 당신 말대로 당신은 운이 아주 좋소. 호주인이라 이쯤에서 해두는 걸 운이 좋은 줄 알아야 해. 당신이 잘못이 없어서 풀어주는 게 아니란 말이오!”

일본 경찰은 조금도 반성하는 기미가 없는 멘지스를 보며 화를 냈다. 멘지스는 대답 없이 눈을 감았다. 옆방에서 비명이 들려왔다. 누군가 심하게 문초를 당하는 모양이었다. 운이 좋아서 호주인으로 태어난 자신과는 달리 누군가는 조선인으로 태어나 조선의 독립을 외쳤다는 이유로 살이 찢기는 고통을 감내해야 하는 상황이 끔찍하면서도 괴로웠다.

"저기 온다!"

여학생 무리가 멀리서 보이자 멘지스는 언덕 아래로 뛰어 내려갔다. 얼굴이 핼쑥하고 깡마른 아이들을 한 명씩 끌어안으며 살폈다. 온몸이 상처투성이였고, 벌레 물린 자국이 곳곳에 보였다. 다리를 절뚝이는 아이들 치마를 걷어보니 무릎이 벗겨져 피와 진물이 흐르고 있었다. 감옥에 수감된 동안 모시 실을 무릎에 비벼 뽑는 강제 노역에 시달렸다는 말에 멘지스는 가슴을 치며 울었다.

'해로운 가르침'이라는 일본 경찰의 말이 피멍처럼 가슴에 맺혔다.

"나를 만나지 않았더라면, 일신여학교에 입학하지

않았더라면, 너희가 이런 고통을 겪지 않아도 됐을까.”

멘지스는 학생들이 무사히 돌아온 것이 기쁘면서도 슬펐다. 그리고 아직 돌아오지 못한 교사들을 생각하면 마음이 무거웠다. 일신여학교의 주경애와 박신연 선생은 5개월 만에 풀려난 학생들보다 훨씬 더 무거운 형량을 받았고, 더 오래 감옥에서 고초를 겪어야 했다.

“아니에요, 선생님. 국가가 발전하기 위해서는 아내와 어머니들이 교육되어야 한다고 하셨잖아요. 이곳에서 글을 배우고 인간다운 삶이 무엇인지를 배우면서 저희는 더 나은 인간이 됐고, 더 나은 세상을 꿈꾸게 됐어요.”

“글을 깨우치고 역사를 배우면서 이 나라와 세계정세에 대해 알게 되고 생각하게 됐어요. 이제 우리는 일제의 조선 침략이 정당하지 않은 일이라는 걸 분명히 알아요. 그러니 우린 아주 운이 좋은 거죠.”

못 본 사이 더 강인해지고 어른스러워진 학생들을 보며 멘지스는 가슴 한편이 뜨거워졌다. 학생들의 말대로 해로운 건 ‘가르침’이 아니라 ‘이 세상’이었다. 일제의 해로움을 물리치기 위해서는 더 열심히 배우고 힘을

기르는 수밖에 없었다.

멘지스는 두 손을 모으며 말했다.

"너희들이 돌아와서 기쁘구나. 감사 기도를 올리자. 주경애와 박신연 선생님을 위해서도 기도하자꾸나. 그분들이 무사히 우리 곁으로 돌아올 수 있기를. 그리고 조선의 독립을 위해서도 마음을, 기도를 보태야 해. 포기하지 않는 마음으로."

이사벨라 멘지스
(1856~1935)

호주 발라랏에서 태어나 신학을 공부했다. 이후 호주장로회 여전도회연합회 에벤에셀 지부에서 총무로 일했다. 여전도회 연합회에서 한국에 보낼 선교사를 모집한다는 광고를 보고 지원해 1891년 부산에 도착했다. 이후 부산에서 선교와 교육, 자선 활동을 펼치며 1895년에 고아들을 모아 여학교를 설립했다. 이 여학교는 나중에 이 지역 여성 교육의 명문인 일신여학교로 발전했다. 1919년 3·1운동 때는 기숙사 사감으로 있으며 만세 시위에 나선 학생들을 보호하다 일본 경찰의 수사를 받았다. 1924년 은퇴하고 고향에 돌아가 1935년 세상을 떠났다.

기쁜 마음

독립운동을 해외에 알린
앨버트와 메리 테일러

서유미

서유미

2007년 장편소설 《판타스틱 개미지옥》으로 문학수첩 작가상을 수상하며 작품 활동을 시작했다. 장편소설 《쿨하게 한걸음》《끝의 시작》《홀딩, 턴》《우리가 잃어버린 것》, 소설집 《당분간 인간》《모두가 헤어지는 하루》《밤이 영원할 것처럼》 등을 펴냈다. 창비 장편소설상, 김승옥문학상 우수상, 김용익소설문학상을 수상했다.

생일을 일주일 앞두고 할머니는 가보고 싶은 곳이 생겼다고 했다. 반가운 마음에 나는 오, 하고 소리쳤다. 겨우내 할머니는 먹고 싶은 것도, 하고 싶은 일도 없다며 집에만 머물렀다. 나는 아이를 어르듯 말해봐요, 할머니. 어딘데? 하고 기다렸다. 짐작 가는 데는 전혀 없었다.

"너한테만 얘기하는 거야."

휴대폰 너머에서 할머니의 숨소리, 침 넘기는 소리, 뜸을 들이느라 내는 음, 소리가 천천히 이어졌다. 할머니는 요 며칠 자신의 할머니 생각이 많이 난다고 했다. 엄마나 삼촌, 이모가 들으면 확실히 불길하다고 할 만한 얘기였다.

할머니와 나는 모녀지간보다 잘 통하는 부분이 있

었고, 할머니 역시 자신의 할머니와 가깝고 각별한 사이였다. 엄마가 아니라 할머니가 키운 아이들, 그게 외할머니와 나의 공통점이었다. 나는 할머니에게 전해 들었던 왕할머니와 관련된 홍미로운 얘기 몇 가지와 사진 속 모습을 떠올렸다. 일제시대에 세브란스병원에서 간호사로 일했던 작고 수줍음 많은 여성. 얌전하지만 야무진 면이 있던 왕할머니는 동료들과 함께 독립선언서 사본을 숨기게 되었고, 그 일을 계기로 3·1운동이라는 거대한 사건의 귀퉁이를 살짝 쥐었다가 놓았다. 병원에서 오래 근무하지 않았지만 3·1운동의 발화지 가운데 한 곳에서 일했다는 자부심이 왕할머니를 용감한 여성으로 살아가게 만들었다. 왕할머니는 해방 뒤의 한국전쟁에서 살아남았고 자식들과 손자 손녀들까지 씩씩하게 키워냈다.

"3·1절에 시간 괜찮니? 기념식을 본 다음에 가고 싶은 데가 있어."

2월 28일에 태어난 할머니는 3월 1일 아침이 되면 깨끗이 씻은 뒤 소파에 앉아 3·1절 기념식을 기다렸다. 할머니가 돌봐주던 시절에는 나도 그 옆에 앉아 같이 기념식을 보았다. 교복이나 흰색 상의에 검은색 하의를 입은 학생들이 3·1절 노래를 합창하면 할머니는 따라 부르다가 옷소매로 눈물을 찍어냈다. 해방이 되던 해에 태어났는데도 할머니는 자신을 돌봐준 왕할머니의 영향으로 3·1운동이 얼마나 값진 일인지 잘 알았다. 그건 광복만큼이나 대단한 일이지. 많은 사람들이 목숨을 걸고 한목소리를 냈잖아. 해방은 그럴 때 오는 거라고 했다.

"같이 딜쿠샤에 가보자."

나는 그게 뭔지도 모르면서 좋아요, 라고 대답한 뒤 스케줄러에 메모해두었다. 그때는 딜쿠샤를 근사한 레스토랑 정도로 생각했다. 할머니의 입맛이 돌아왔다니 기쁜 일이라고만 여겼다.

할머니와 택시에서 내린 뒤에 마주한 딜쿠샤는 1920년대를 배경으로 한 영화의 세트장 같았다. 붉은색 벽돌로 지은 서양식 2층 저택은 앨버트 테일러 가족이 살았던 집이고 앨버트의 아내 메리가 딜쿠샤라는 이름을 붙였다고 쓰여 있었다.

딜쿠샤에 들어가서 1층 거실을 거니는 동안 할머니

는 유리 진열장 속 흑백 사진들을 오래 들여다보았다. 앨버트 테일러와 그의 아내 메리, 아들 브루스의 모습을 보며 이들이야, 하고 작은 목소리로 속삭였다.

"브루스와 나는 태어난 날이 같단다."

할머니는 그 세 사람의 흑백 사진 앞에서 오래 머물렀다.

앨버트 테일러는 사업가로 조선에 들어와 AP통신의 특파원으로도 활약했다. 1919년 2월 28일 메리가 브루스를 낳으려고 세브란스병원에 입원했을 때, 일본 경찰들은 병원에 불온 문서가 있다는 첩보를 접하고 들이닥쳤다. 학생들은 세브란스의전에서 독립선언서를 제작한 뒤 등사기와 등사물을 해부학 실습실의 시체 인근에 숨겨놓은 상태였다. 일본 경찰들이 왔을 때 간호사들은 독립선언서 사본을 황급히 외국인 산모인 메리의 침대 밑에 감췄다. 나중에 이것을 발견한 앨버트가 독립선언서 사본과 함께 3·1운동 관련 기사를 작성해서 동생 윌리엄에게 주었고, 윌리엄이 구두 뒤축에 감춘 채 도쿄에 가서 AP통신 본사에 송고했다.

가족사진을 보며 할머니는 왕할머니가 그 간호사들

중 한 명이었다고 말했다. 세월이 흐른 뒤에도 아기 브루스와 용감한 가족에 대한 얘기를 했고, 이들이 살았던 집이 서울에 남아 있다는 소식을 접한 뒤에는 가보고 싶어했다고 했다. 1층의 거실과 벽난로, 앨버트와 메리의 사진과 설명을 보며 나는 이 외국인 부부가 3·1운동에 어떤 기여를 하고 왕할머니는 거기에 어떻게 살짝 연결되었는지, 그들의 개인적인 용기가 멀리 뻗어나가 얼마나 대단한 현재를 이루어냈는지 엿볼 수 있었다.

할머니는 1층의 거실, 가구, 사진을 보며 친척 집을 구경하듯 아련하고도 흐뭇한 표정을 지었다.

"할머니는 3·1운동에 대한 얘기도 많이 하셨어."

병원장인 허스트 선교사는 일본 경찰들이 들어오는 걸 막아서 독립선언서가 전국으로 퍼져나갈 수 있게 도왔고, 앨버트 형제는 3·1운동에 대해 외국에 알려서 해외에서도 실상을 알 수 있게 했다고. 그리고 이름도 알 수 없는 수많은 사람들이 각자의 자리에서 각자의 방식으로 목숨을 걸고 독립을 외쳤고, 그 덕분에 3·1운동의 물결이 멀리 퍼져나가고 뜨겁게 지속될 수 있었다고.

메리 테일러의 사진과 그녀가 그린 금강산과 조선

사람들의 얼굴을 보며 할머니는 호오, 하고 감탄했다.

"이 그림들에서는 사랑이 느껴지는구나."

할머니의 시선을 따라 나도 그림 속 공서방과 김주사와 모란과 순지네와 농부의 얼굴을 찬찬히 살폈다.

2층 거실의 벽에는 연꽃과 새와 석류를 수놓은 병풍이 펼쳐져 있어 동양과 서양의 분위기가 함께 어우러졌다. 앨버트와 메리 부부는 1923년에 독립문 근처의 언덕배기에 서양식 주택을 지었고 아내 메리가 페르시아어로 딜쿠샤, '기쁜 마음'이라는 뜻의 별칭을 붙였다. 앨버트는 일본이 자국령 내 외국인을 추방했던 1942년까지 이 집에 거주했다. 앨버트가 살아서 돌아오지 못했던 딜쿠샤, 왕할머니가 가보고 싶어했던 딜쿠샤에 할머니와 내가 들어와 있었다. 나는 이들의 용기만큼이나, 사업 때문에 조선에 들어온 사람들이 어떻게 이 땅과 조선 사람들을 사랑하게 되었는지 궁금했다. 얼마나 사랑하면 낯선 땅에 지은 집에 '기쁜 마음'이라는 이름을 붙였을까. 사진 속의 메리와 앨버트에게 물어보고 싶었다.

할머니와 나란히 서서 1919년 3월 13일자 〈뉴욕타임스〉 기사도 보았다. 한국의 독립선언서는 정의와 인

도주의의 이름으로 2,000만 민족의 목소리를 대표한다
는 내용을 담고 있었다. 그걸 읽은 할머니가 내게 속삭
였다.

"나는 살면서 뭘 외쳐본 적이 없다."

"나도 그래요, 할머니."

"이런, 우린 다 겁쟁이구나."

"할머니. 만약에 우리가 그때 거기 있었다면 독립선
언서를 침대 밑에 숨겼을까? 몰래 가지고 나가서 기사
로 썼을까요?"

"글쎄다. 우리 할머니는 나가서 '대한 독립 만세'도
목이 터져라 외쳐보고 싶었다고 하더라."

"용감한 분이네. ……그런데 난 할머니도 그럴 거
같은데."

"그래? 내가 할 수 있으면 너도 할 수 있지."

할머니가 내 팔을 가만히 쓰다듬었다.

어떤 외침은 단순한 소리가 아니라 마음의 움직임
이다. 발각되지 않도록 숨기고 그것을 널리 알리기 위해
글을 써서 몰래 내보내는 마음, 그런 마음들이 모여 거
대한 흐름을 만들어낸 것이 3·1운동의 정신이고, 독립

에 대한 열망을 견딜 수 없어서 위험을 무릅쓰고 자기만의 방식으로 독립을 선언하고 외친 것이 3·1운동이었다는 것이 느껴졌다.

내게 학생 때의 3·1절은 새 학년이 되는 준비를 하는 날이었고, 어른이 되면서 맞이하는 3·1절은 봄이 되기 전의 쉼표 같은 공휴일이었다. 광복절도 폭염의 한가운데 주어지는 그늘 같은 휴일에 가까웠다. 딜쿠샤를 둘러보며 3·1운동에 기여한 사람들이 신념으로만 이루어진 투사가 아니라 좋아하는 곳에서 사랑하는 사람들과 같이 살기를 바란 사람들이었다는 것이, 나처럼 피와 살로 만들어진 연약한 인간이었다는 것이 와 닿았다.

왕할머니의 마음에 남았던 앨버트와 메리 부부의 용기, 조선을 사랑하고 조선으로 돌아가기를 원했던 부부와 자신의 고향을 그리워했던 브루스의 마음. 사랑하는 마음으로 한 행동이 많은 사람들의 미래에 기쁨을 선사한 것, 그게 바로 딜쿠샤였다. 저택을 둘러보고 나온 할머니가 나를 보며 웃었다.

참고문헌

《제중원 세브란스 이야기》, 신규환·박윤재 지음, 역사공간, 2015
《딜쿠샤 서울 앨버트 테일러 가옥》, 서울역사박물관, 서울책방, 2023

※ 세브란스병원에서 침대 밑에 독립선언서 사본을 숨기는 간호사에 대한 이야기는 소설적으로 재구성했음을 밝힙니다.

앨버트 테일러 (1875~1948)
메리 테일러 (1889~1982)

앨버트 테일러는 AP통신의 통신원으로 1919년 3·1독립선언과 제암리 학살 사건을 보도했다. 세브란스병원에서 갓 태어난 아들의 침대 밑에 3·1독립선언서를 숨겼다가 외부로 가져나온 것으로 알려졌다. 아내 메리 테일러와 함께 서울 종로구 행촌동에 벽돌 주택을 짓고 페르시아어로 '기쁜 마음'이라는 뜻의 '딜쿠샤'라는 이름을 붙였다. 앨버트 테일러는 6개월간 서대문형무소에서 수감됐다가 결국 조선에서 추방됐다.

슈퍼스타 K

일장기를 단 조선의 마라토너 손기정

한은형

한은형

2012년 문학동네신인상을 수상하며 등단했다. 장편소설 《레이디 맥도날드》《서평하는 정신》《거짓말》과 소설집 《어느 긴 여름의 너구리》 등을 썼다. 장편소설 《거짓말》로 2015년 한겨레문학상을 수상했다.

"저 손기정 공원 앞인데요."

왜 오지 않느냐고 클럽장인 명주로부터 전화가 걸려왔을 때 기정은 이렇게 말했다.

"기정님. 손기정 공원이 엄청 커요. 저희 트랙에서 만나기로 했었잖아요."

트랙까지 어떻게 가야 하는지 물으려다가 기정은 손기정 공원의 전체 지도를 발견했다. 명주 말대로 정말 크긴 컸다. 지금 기정이 위치한 곳은 손기정 어린이도서관 앞이었으므로 테니스장을 지나 게이트볼장을 지나 체력 단련장까지 가면 되었다. 트랙의 시작점이 체력 단련장이었으므로.

그들은 이미 뛰고 있을 것이다. 매주 목요일 밤 아홉 시에 모여서 함께 러닝을 한다. 크루가 다 오지 않더라도 밤 아홉 시가 되면 무조건 뛴다. 마지막 주는 러닝을 하고 나서 독서 모임을 한다. 이게 '뛰는 사람들'의 회칙이었다. 그리고 오늘은 마지막 주 목요일이었다.

기정이 그날 을지로3가에 있는 노가리 골목에서 맥주를 마시지 않았더라면, 그래서 '뛰는 사람들'이 빨간 플라스틱으로 된 탁자와 의자가 놓인 야장으로 뛰어오는 걸 보지 못했더라면, 또 '뛰는 사람들'이 마침 기정의 옆 테이블에 앉아 을지로3가의 옛 이름인 황금정에 대해 이야기하는 걸 듣지 못했더라면, 모두 일어나지 않았을 일들이었다.

"카본 운동화가 뭐가 중하냐는 거지. 킹정님은 거의 맨발로 황금정을 뛰셨는데."

러닝을 할 때 '장비빨'을 세우기보다 본질이 중요하다는 걸 역설하는 사람이 알고 보니 클럽장인 명주였다. 열 명 정도인 크루들이 무척이나 공감한다는 듯 고개를 끄덕이고 있어서 기정은 그들은 뭘 신었는지 볼 수밖에 없었다. 아식스와 나이키도 있었지만 살로몬에 호카에 온러닝, 그때 아직 한국에 론칭하지 않았던 알로를 신은 사람도 있었다. 재밌네. 기정은 그들에게 호감이 생겼다.

‘뛰는 사람들’. 그게 모임의 이름이었다. 그리고 그들이 말한 ‘킹정님’이란 손기정을 가리키는 것이었다. ‘기’ 대신에 ‘킹’을 붙여서 킹정님이라며 그들은 마라토너 손기정을 우러르고 있었다. 맨발로 뛰다시피 해서 베를린올림픽에서 우승한 사람이라며, 손기정이 사실 한국 최초의 슈퍼스타 아니냐고 했다. 2시간 29분 19초로 신기록을 세우며 들어온 것보다 놀라운 것은 결승점을 통과할 때 손기정이 힘이 남아돌았다는 점이었다고도. 마지막 100미터의 기록이 12초라며.

“베를린올림픽 시상식에서 기테이 손이라고 호명되잖아. Kitei Son. 완전 슈퍼스타 K의 탄생인 거지.”

“그러네, K의 원류네.”

“기테이는 일본식 이름이잖아?”

“그땐 모든 조선 사람의 국적이 일본이었지. 1936년이니까.”

그들의 이야기에 ‘기정’이 등장할 때마다 기정은 기분이 이상했다. 자신도 기정이었으니까. 성은 정이었지만 이름이 기정이어서 어릴 때 별명은 늘 손기정이었다.

손기정 옹이거나 기정 옹. 차라리 기정떡이 나았다. 기정떡을 아는 애는 별로 없어서 기정떡이라고 불린 적은 거의 없지만.

나도 그때 태어났으면 기테이 정이 되는 거였나? 여자 이름은 다른 식으로 바꾸나? 하지만 기정은 달리기를 못했다. 그냥 못하는 게 아니라 아주 못했다. 그래서 손기정이라고 불리는 게 창피했고 달리기를 할 때면 더 움츠러들었다.

'뛰는 사람들'을 인스타그램에서 검색하니 런런클럽이 나왔다. runlearnclub이 '뛰는 사람들'의 영문명이었다. 계정의 프로필 이미지에는 이 문장이 있었다. '뛰고 배우고 뛰자.' 프로필에는 '매주 목요일 9:00 PM / 8km 달리기 / 장소는 서울 어딘가 출발 / 주로 뛰고 가끔 읽습니다'라는 클럽의 정보가 있었다.

기정은 런런클럽에 DM을 보내 어떻게 참여할 수 있는지 물었다. 러닝화와 지금 읽고 있는 책 한 권을 함께 사진으로 보내면 다음 러닝 장소를 공지해준다는 답을 받았다. 민트색 룰루레몬 운동화와 《올해의 스니커즈》라는 책을 찍어서 보냈다. 패션과 책으로 자신을 특정하고 싶지 않은 기정이 애써 고른 중립적인 코드였다. 룰루레몬처럼 대중적인 브랜드의 러닝화를 신지만 모노톤이 아닌 민트를 신는다는 걸 인증함으로써 그렇게 무미한 사람만은 아니라는 걸 살짝 드러냈다. 을지로 노가리 골목 야장의 옆 테이블에 앉았던 사람이라고는 말하지 않았다. 사실 기정이 보고 있는 책은 손기정이 쓴 《나의 조국, 나의 마라톤》이었지만 알리는 건 민망했다. 한민족의 영웅이라는 것만 알았지 별로 궁금하진 않았던 손기정이라는 인물이 '뛰는 사람들'의 이야기를 듣고 궁금해져서 읽고 있었다.

트랙에 도착했을 때 '뛰는 사람들'은 뛰고 있었다. 꽤 큰 축구장을 감싸고 있는 저 트랙의 길이는 어느 정도일까? 기정은 아직 거리에 대한 감이 전혀 없어서 저 정도 트랙을 몇 바퀴 돌아야 8km가 되는지 전혀 알지 못했다. 기정을 발견한 크루 중 누군가 이쪽으로 합류하라고 손짓했다. 세 번째 참석인데 기정이 아는 사람이 네다섯은 되었다. 그들이 가까워지기를 기다리며 기정은 맨손체조를 하기 시작했다. 팔을 360도로 회전하며 돌리는 동작과 다리를 접었다 폈다 하며 아킬레스건을

풀었다. 뛰는 사람들'에 들어오고 나서 혼자서도 달리기를 시작한 기정이 달리기 전에 늘 하는 동작이었다.

"무조건 양보 아시죠?"

앞에서 뛰던 크루가 기정을 돌아보고 이렇게 말했다. 기정은 고개를 끄덕였다. 러닝 크루가 민폐 크루라는 말을 많이 듣기 때문에 우리는 그러지 말자며 그들은 양보를 강조했다. 크루들 사이에 크루가 아닌 사람들이 끼어들려고 하면 그냥 끼워주고, 먼저 가려고 하면 먼저 가게 하자고. 그들 말대로 양보라는 걸 해보니 신선했다. 이전까지 기정은 그런 상황에서 양보해본 적이 없었다.

"우리가 지금 달리기로 승부를 보는 게 아니잖아요. 우리 심신 안정하자고 달리면서 다른 사람들의 심신을 침해하면 안 되죠."

크루 중 하나가 이렇게 말했다.

몇 바퀴째인지를 세다가 더 이상 세기를 잊었을 때 기정은 여전히 달리고 있었다. 숨이 턱턱 차오르고 입에서는 쇠맛이 나는 것 같았다. 8km 달리면서 무슨 쇠맛이 나냐고 비웃는 사람도 있겠으나 달리기에 익숙하지 않은 기정은 그랬다. 더 이상 버틸 수 없겠다 싶을 때 클럽장은 8km를 다 달렸다고 말했다. 더 달리고 싶으시겠지만 이제 손기정 나무를 보러 가자고 했다. 밤 열 시가 넘어 있었다.

경사진 길로 올라갔더니 바로 그 나무가 있었다. 손기정이 받은 월계수 화분을 가져와 심은 게 저렇게나 컸다고 했다. 기정과 크루들은 스마트폰 플래시를 켜서 빛으로 나무를 훑어 올라갔다.

"와, 월계수가 저렇게 커요?"

"월계수 아니라 참나무랍니다."

못해도 10층 건물 높이는 될 것 같았다. 1936년에 독일에서 가져와 심은 묘목이 이렇게나 자랐다는 데 기정은 놀랐다. 크루들도 그런 것 같았다. 손기정 공원은 손기정이 다녔던 양정학교 터에 만들어진 것이었다.

이번 책 모임은 책을 정하지 말고 각자가 손기정에 대해 조사한 것으로 대신하자고 클럽장이 이야기했을 때 기정은 꼭 와야겠다고 생각했다.

"우리 킹정님이 연습했던 코스 그대로 해보는 게 어떨까요?"

누군가가 말했다.

자신이 쓴 책에 무려 세 코스나 밝혀두었기에 기정은 손기정이 달리기 연습을 했던 코스를 알고 있었다.

"양정학교에서 시작하는 코스를 알아요."

"오오."

자기들이 있는 데서 시작한다는 것에 크루들은 흥분한 것 같았다.

"남대문을 지나 황금정, 그러니까 을지로를 지나 동대문을 지나 창경원을 지나고 돈화문을 지나서 총독부, 그러니까 경복궁을 지나 광화문을 지나 경성부청, 그러니까 신세계백화점을 지났던 코스요."

"오오오……"

크루들은 다시 환호를 질렀는데 이번에는 약간 걱정 섞인 환호였다. 피할 수 없는 뭔가가 다가온다는 것을 직감한.

"내가 손기정이다, 내가 슈퍼스타 K다, 이런 마음으로 뛸까요? 자!"

클럽장답게 명주가 말했다.

손기정 공원에서 아래로 내려오자 나온 길의 이름은 손기정로였다. '뛰는 사람들'은 손기정로를 뛰고 있었다.

손기정
(1912~2002)

평안북도 신의주에서 태어났다. 신의주제일보통학교와 양정고등보통학교를 졸업했다. 1936년 8월 9일 독일 베를린올림픽 마라톤 경기에서 2시간 29분 19초 2의 올림픽 신기록으로 금메달을 땄다. 일본 선수단으로 출전했지만 스스로 "코리안"이라고 밝히고, 사인도 한글 이름으로 했다. 광복 후에는 마라톤 선수들을 키우는 데 힘썼다.

1936년 8월 24일, 태풍, 경성에서

손기정의 가슴에서 일장기를 지우다,
일장기 말소사건

정진영

정진영

2011년 장편소설 《도화촌기행》으로 조선일보 판타지문학상을 받으며 작품 활동을 시작했다. 장편 《침묵주의보》《젠가》《나보다 어렸던 엄마에게》《정치인》《왓 어 원더풀 월드》, 소설집 《괴로운 밤, 우린 춤을 추네》 등을 썼다. 월급사실주의 동인.

"이왕 벌이는 일인데 제대로 해봅시다!"

장용서 기자가 노크도 없이 사진부실 문을 열고 들어와 소리쳤다. 사회면을 편집하는 그는 신낙균 사진과장에게 성큼성큼 다가가 손에 들고 있던 교정지를 책상 위에 거칠게 내려놓았다. 그는 교정지 오른쪽 위에 실린 사진을 가리키며 목소리를 높였다.

"이 정도로 정말 충분합니까? 이길용 기자는 사진에 있는 일장기를 도분塗粉° 해 말소할 테니 내일자 석간 2면에 톱으로 게재해달라고 부탁했습니다."

신낙균은 물끄러미 교정지에 담긴 사진을 바라봤

○   분을 바르다.

다. 이달 초 독일 베를린에서 열린 올림픽 마라톤 경기에서 우승한 손기정 선수와 3위를 차지한 남승룡 선수의 시상식 현장을 촬영한 사진이었다. 어제 오후 다섯 시쯤에 운동부 이길용 기자가 사진부에 이 사진을 넘겼다. 그저께 〈오사카아사히신문〉 조선서북판(서울 이북 및 만주판)과 남선판(서울 이남판) 지면에 실린 사진이라는 설명과 함께. 사진부 소속 이상범 화가가 일장기 사진의 빨간 부분을 흰색으로 덧칠해 지웠다. 신낙균이 장용서에게 반문했다.

"이 기자 요구대로 도분말소했는데 뭐가 문제요?"

장용서의 목소리가 더 커졌다.

"이건 도분이지 말소가 아닙니다! 저번에 보도한 사진과 뭐가 다릅니까?"

신낙균은 지난 13일자 지방판 조간 2면에 실었던 손 선수의 시상식 사진을 떠올렸다. 그때도 손 선수의 가슴에 있던 일장기를 덧칠해 지웠다. 문제는 넘겨받은 사진이 지나치게 흐렸던 탓에 보도 후에도 인쇄 불량으로 보일 뿐 덧칠한 티가 나지 않았다는 점이다. 조선인이 운영하는 신문사를 눈엣가시로 여기는 총독부조차 모르고 넘어갔을 정도였다. 장용서는 신낙균과 함께 사진부에 있던 서용호 기자에게 다가와 강조했다.

"일단 시작했으니 끝을 봅시다!"

서용호는 어제 이길용이 이상범에게 사진을 넘기던 상황을 회상했다. 이길용은 사진부실이 울리도록 분통을 터뜨렸다.

"왜놈들이 손기정 선수가 마라톤에서 우승하니까 자기들 신문에 뭐라고 제목을 달았는지 봤소? 20여 년의 숙망宿望 달성! 우리들의 손 선수 당당 우승! 이렇게 대서특필하더이다. 내가 취재하면서 무슨 소문을 들었는지 아시오? 올림픽 출전 선수 선발전에서 왜놈들이 손기정, 남승룡 선수를 떨어뜨리려고 별 수작을 다 부렸다고 들었소. 심지어 지름길로 달린 놈들도 있었다니 말다한 거 아니오? 오죽했으면 사람 좋고 차분한 남승룡 선수가 그런 반칙을 하고도 늦게 들어온 놈에게 뺨따귀까지 날렸겠소! 그런데도 둘을 이기지 못하니까 왜놈들도 명분이 없어서 손을 놓은 거지. 조선인들이 대 일본 제국의 대표라는 게 말이 되느냐던 놈들이 인제 와서 우리들의 손 선수? 이 후안무치한 놈들!"

서용호는 가슴에 선명하게 일장기가 박힌 손 선수의 슬퍼 보이는 얼굴을 떠올리며 고개를 끄덕였다.

"여기까지 왔는데 뭘 어쩌겠습니까. 해보죠!"

서용호는 사진제판°을 하며 청산가리 용액을 이용해 일장기의 흔적을 지웠다. 서용호는 맹독인 청산가리 용액이 아연판에 돌출된 손 선수의 사진과 반응해 연기를 내며 일장기를 지우는 모습을 보고 두려움보다 희열을 느꼈다. 사진제판을 마치고 인쇄부로 보낸 신낙균이 창밖으로 시선을 돌렸다. 하늘이 온통 먹구름으로 덮여 있었다. 신낙균이 먹구름을 살피며 혼잣말했다.

"또 비가 내릴 모양이야. 올 8월은 맑은 날이 드무네."

서용호가 신낙균의 혼잣말에 대꾸했다.

"지금 남쪽 바다에서 3693호 태풍이 올라오고 있답니다. 어제 경성측후소에서 일하는 친구와 길에서 우연히 만나 이야기를 들었는데, 굉장히 강한 태풍이라더군요."

○   신문에 사진을 인쇄할 때 사용하는 금속판을 만드는 과정.

신낙균의 얼굴이 흐려졌다.

"태풍? 이러다가 을축년(1925년)처럼 또 대홍수라도 일어나는 게 아닌지 원."

서용호가 피식 웃었다.

"지금 그 태풍을 걱정할 때가 아니지 않습니까? 몇 시간 후에 엄청난 태풍이 여기로 들이닥칠 텐데요."

신낙균이 손가락으로 숫자를 헤아리다가 깊은 한숨을 내쉬었다.

"오후 일곱 시 반이면 신문이 독자 손에 다 들어갈 테니까…… 얼마 안 남았네…… 이번에는 검열계 주임 경부도 가만히 있지 않겠지?"

서용호가 기지개를 켜며 들뜬 목소리로 말했다.

"검열계요? 총독부가 가만히 있지 않을걸요? 며칠 전에 새로 부임한 총독이 육군대신으로 있을 때 만주에서 그렇게 잔혹했다고 소문이 자자하더군요. 이러다가 본보기로 찍혀서 폐간되는 건 아닌지…… 솔직히 두렵습니다. 그나저나 이번 건, 위에서도 허락한 결정입니까?"

신낙균이 말없이 고개를 저었다. 놀란 서용호가 눈

을 크게 뜨고 신낙균에게 물었다.

"이 엄청난 일을 다들 이렇게 마음대로 결정해도 되는 겁니까?"

"당신 말대로 우리 신문이 폐간되느냐 마느냐의 문제인데, 위에서 대놓고 허락했겠어? 그냥 내버려둔 거야. 모두 같은 마음이니까. 위에서 정말 반대했다면, 이렇게 우리가 마음대로 움직이지 못하지. 물론 형식적으로 시말서 정도는 쓸지도 몰라. 윗사람은 윗사람의 일을 하시고, 우리는 우리의 일을 하면 돼."

서용호의 표정이 어두워졌다.

"시말서를 쓸 기회가 과연 올까요? 어쩌면 오늘이 우리가 여기서 마지막으로 일하는 날이 될지도 모른다는 불길한 예감이 듭니다."

신낙균이 어깨를 으쓱거렸다.

"그렇다면, 한잔해야 하지 않을까? 그리고 총독부? 우리가 총을 들고 설치지도 않았는데, 설마 죽이기라도 하겠어?"

신낙균이 편집국에 전화를 돌려 이길용을 호출했다.

"이 형, 이렇게 큰일을 벌여 우리에게 맡겨놓고 가

만히 입을 닦으면 되겠소? 지금 당장 술 한 잔 사시오. 어쩌면 오늘이 우리가 함께 술잔을 기울이는 마지막 날이 될지도 모르니.”

신낙균이 서용호를 데리고 신문사 사옥 바깥으로 나왔다. 이길용이 장용서와 미리 나와서 기다리고 있었다. 이길용이 앞장서서 가까운 선술집으로 일행을 이끌었다. 신낙균이 오늘 같은 날도 선술집이냐며 타박했지만, 이길용은 개의치 않고 걸음을 재촉하며 외쳤다.

“오늘 뱃속에 기름칠 좀 시켜드리리다!”

넷이 선술집의 문을 열고 들어서자 왼편 부뚜막에 걸린 큰 솥에서 끓는 선짓국이 김을 내뿜었다. 그 옆에 놓인 목로木壚°에선 이미 취한 사내 한 명이 비틀거렸다. 목로 오른편에는 간, 콩팥, 곱창, 북어 등이 진열된 안주장이 있었다. 이길용은 콩팥과 곱창을 주문해 목로 앞에 놓인 화로 위에 올렸다. 누린내 섞인 고기 냄새가 화로에서 피어올랐다. 처음에 못마땅해하던 신낙균도 냄새를 맡더니 흡족해하며 술잔에 탁주를 따라서 돌렸다. 잔

○   널빤지로 좁고 길게 만든 상.

190

을 비운 장용서가 쓸쓸하게 웃었다.

"다음 올림픽은 동경에서 치러질지도 모르겠습니다. 왜놈들이 만주사변 때문에 국제적으로 고립되니까 올림픽을 열어 분위기를 바꿔보려는 모양입니다."

서용호가 마시던 술잔을 내려놓고 허탈한 표정으로 천장을 올려다봤다.

"조선도 독립해 올림픽을 개최하는 날이 올까요?"

이길용이 신경질적으로 말을 내뱉었다.

"반칙해도 손기정을 못 이기는 놈들이 올림픽을 열겠다고 설치는데, 우리라고 못할까!"

술기운이 오른 듯 신낙균의 얼굴이 붉게 달아올랐다.

"조금 전 가슴에 태극기를 단 조선인 선수가 올림픽 마라톤에서 금메달을 따는 모습이 눈앞에 그려졌어. 나이 든 손기정 선수가 그 모습을 보며 아이처럼 껑충껑충 뛰며 기뻐했고. 잠깐이지만 정말 생생했는데…… 그런 날이 오겠지?"

선술집 바깥이 시끄러웠다. 소리에 귀를 기울이던 이길용이 잔을 들어 건배를 청했다.

"아무래도 순사들이 우리를 찾아다니는 모양이오.

오늘 할 일은 우리가 마쳤으니, 내일은 다른 누군가에게
맡깁시다. 오늘 모두 고생 많으셨습니다. 건배!"

일장기 말소사건
(1936)

1936년 독일 베를린올림픽 마라톤에서 손기정 선수가 금메달을 땄을 때, 동아일보가 8월 25일자 석간 2면 사진에서 손기정의 가슴에 붙은 일장기를 지워 게재했다. 일제는 이를 국기 모독으로 규정해 화가, 편집기자, 사진부장 등을 구속하고 신문을 무기정간했다. 그러나 이 사건은 식민지 언론의 상징적 저항으로, 침묵 속에서도 민족의 자존심을 드러낸 언론인의 용기를 보여준다.

한 알의 오렌지라도

미국 한인사회의 독립운동 계승자, 이하전

반수연

반수연

2005년 조선일보 신춘문예에 단편소설 〈메모리얼 가든〉이 당선되며 작품 활동을 시작했다. 소설집 《파트타임 여행자》《통영》, 산문집 《나는 바다를 닮아서》 등이 있다. 재외동포문학상 대상, 김승옥문학상 우수상을 수상했다.

누가 내 뒤를 밟는 걸까. 점점 가까워지는 발소리에 신경이 곤두섰다. 발걸음을 재촉했다. 모퉁이를 돌자마자 몸을 낮추었다. 하전이 빠른 걸음으로 언덕을 오르고 있었다. 하전의 뒤로 대동강과 평양 시내가 한눈에 내려다보였다. 날씨는 매섭게 차가웠다. 3월 들어 조금씩 녹고 있던 강물은 때늦은 한파로 다시 꽁꽁 얼어붙었다. 이 추위에도 대동교 위로 물건을 나르는 일꾼들이 자전거를 타고 지나갔다. 하얀 저고리에 검정 치마를 입은 여고생들이 책가방을 든 채 고개를 강 쪽으로 내밀고 썰매 타는 아이들을 쳐다보고 있었다.

"평양 시내 모습이 많이 변했지? 일본 간판이 눈에 띄게 많아지기도 했고."

어느새 다가온 하전이 내 마음을 읽은 듯 말했다.

청류정으로 오르는 길은 가팔랐다. 오늘 모임 장소를 급히 이곳으로 변경한 건 구섭이었다. 이렇게 추운 날에 평양성 내성에까지 오르는 사람은 없을 테니, 남의 눈을 피하기 좋을 거라 구섭은 확신했다. 몇 달 전 하전의 집에서 모임이 있던 날, 순찰하던 일본 순사와 맞닥뜨린 게 아무래도 마음에 걸리는 모양이었다.

"거기, 학생들 딱 서라! 어디 비밀 회동이라도 다녀오는 길인가?"

순사는 장난 같기도 하고 놀리는 것 같기도 한 목소리로 구섭과 나를 불러 세웠다. 너무 무서워서 오줌을 지릴 것 같던 나와는 달리 구섭은 의연했다.

"함께 책을 읽고 토론하는 독서 모임에 다녀오는 길입니다."

구섭은 가방에서 백석의 시집 《사슴》을 꺼내 순사에게 보여주었다. 순사는 부주의하게 책을 뒤적거렸다. 나도 하전에게 빌린 이광수의 《흙》을 꺼내 보이며 손을 덜덜 떨었다. 평양 경찰서는 독립운동가 색출을 위해 학교에까지 프락치를 심어두었다. 그들 중 누군가가 밀고라도 한 걸까? 순사에게 놓여나 집으로 돌아가는 길에 나는 몇몇 의심 가는 얼굴들을 떠올리며 입술을 깨물었다. 비밀결사대가 발각되는 건 상상만으로도 끔찍했다. 그리되면 우리와 연결된 조직들과 가족들까지 무사하지 못할 것이었다. 숭인상업학교 여섯 학우들의 비밀결사대 '독서회'는 두 달 만에 '축산계'로 개명했다. 좀 더 완벽하게 위장할 이름이 필요했기 때문이었다.

"어서 가자! 구섭이 기다리겠다."

오늘따라 하전이 걸음을 재촉했다. 아무래도 구섭이 챙겨 오기로 한 물건 때문인 듯했다. 우리는 숨이 목에 차오를 때까지 언덕을 뛰어올랐다. 청류정에 도착했을 때 구섭은 '축산계'라 적힌 가짜 회의록을 옆에 두고 기둥에 기대앉아 색이 고운 단청을 올려다보고 있었다. 곧이어 동지들이 속속 도착했다.

학교 조회 때마다 억지로 암송하던 일제의 '황국신민서사' 대신 우리의 다짐을 새겨 넣은 결의문 '오등吾等의 서사'를 낮지만 단호한 음성으로 암송했다. 처음 결의문을 만들었을 때 문서로 남겨두는 건 위험하니 외워서 머릿속에 새기자고 하전이 제안했다. 모두 단번에 외

웠다. 그 속엔 우리의 염원이며 모임의 목표가 간명하게
들어 있었다.

"우리는 우리 민족을 사랑하고 동시에 구하자!"

"우리는 우리 민족을 위해 혁명아가 되자!"

"우리는 무실역행하며 독립 성취에 매진하자!"

암송을 끝내자, 구섭이 샌프란시스코에서 발행되어
만주를 거쳐 들어온 〈신한민보〉를 모두 들을 수 있도록
소리 내어 읽었다. 1930년 3월 13일자에 실린, 광주학
생독립운동을 세계에 널리 알리기 위한 격문이었다. 우
리도 조국 독립을 위해 더 노력해야 해! 격문을 들은 하
전이 주먹을 불끈 쥐었다. 동지들도 주먹을 쥐어 보이며
하전과 뜻을 함께했다.

비밀결사대를 만들기 전까지만 해도 나는 독립이
무엇인지 잘 이해하지 못했다. 그저 막연하기만 했다.
1921년, 내가 태어났을 때 조국은 이미 일본의 식민지
였다. 나는 단 한순간도 독립된 나라에 살아본 적이 없
었다. 살아본 적이 없는 나라를 상상하는 건 쉽지 않았
다. 사랑이나 행복처럼 달콤하지만 애매모호한 이름으
로 느껴지기도 했다. 결사대가 조직된 후 우리는 매달

만났다. 일제에 의해 우리 국민이 경제와 정치와 개인의 삶에 이르기까지 얼마나 많은 차별과 압박과 착취를 당하고 있는가 공부하고 토론했다.

"가져왔어?"

구섭을 바라보는 하전의 눈빛이 빛났다. 구섭은 주위를 한번 둘러보더니 한지에 곱게 싼 종이를 꺼냈다.

"도산 안창호 선생이셔!"

구섭은 동지들이 보기 좋게 사진을 기둥에 기대 세웠다. 하전의 얼굴은 금세 붉게 상기되었다. 사진 속 남자는 하얀 셔츠에 검은 양복을 멋지게 차려입고, 짧은 머리를 기름 발라 양쪽으로 빗어 넘긴 모던보이였다. 형형한 눈빛은 강직해 보였고 입가엔 살짝 미소가 어려 온화해 보였다.

"그날 뵙지 못한 것이 두고두고 한이 되었다."

하전은 눈시울을 붉혔다. 두 해 전 구섭과 하전과 나는 강서의 대보산으로 선생을 뵈러 갔다. 우리는 송태산장이 내려다보이는 덤불 아래 몸을 숨기고, 산장으로 오가는 이들을 검문하는 일본 순사들이 돌아가기만을 기다렸다. 하얀 옷을 입고 산장의 마루에 걸터앉은 선생

의 실루엣을 보았지만, 순사가 무서워 다가갈 수 없었
다. 아무리 기다려도 순사들은 자리를 뜨지 않았다. 날
이 어둑해지니 산짐승이 무서웠다. 다른 날 꼭 다시 오
자! 우리는 다짐하며 산장 뒤편을 돌아 산에서 내려왔
다. 얼마 지나지 않아 일제는 선생을 다시 서대문형무소
에 가두었다. 선생이 돌아가셨다는 비보를 들은 날, 우
리는 주먹에 피가 나도록 땅을 치며 통곡했다.

"다들 알지? 오늘이 3월 10일, 선생이 세상을 떠난
지 딱 1년이 되는 날이야!"

국민이 주인이 되는 나라를 만들겠다던 선생의 원
대한 꿈은 미완인 채로 사그라졌다. 선생이 이루지 못한
조국 독립의 꿈을 우리가 이어받기로 다짐했다. 함석헌
선생을 찾아가 구체적인 운동 방향을 지도받았다. 도산
선생의 사상과 삶의 궤적은 곧 우리 삶의 목표가 되었
다. 그 첫 출발이 '독서회'라는 비밀결사대였다.

"도산 선생이 태평양을 몇 번이나 건너며 독립 자금
을 모금하지 못했다면, 임시정부는 생기지 못했을 수도
있어. 군자금이 없이는 타국에 젓가락 하나도 꽂을 수
없었을 테니까. 우리는 반드시 선생의 뒤를 따라야 해."

“그러니까 하전이 말은 군자금을 모금하자는 뜻이지? 근데 우리는 아직 학생인데 어떻게 돈을 마련하겠나. 차라리 만주로 건너가 독립군이 되는 게 더 쉬울 것 같네.”

“하와이 사탕수수 농장이 큰돈이 된다고 들었네.”

“조국이 식민지의 운명인데 공부는 해서 뭘 하겠나. 나는 당장 상하이로 가겠네.”

좌절과 혼돈에 휩싸인 동지들이 한꺼번에 말을 쏟아냈다.

“한 알의 오렌지라도 정성껏 따는 것이 독립운동이다! 안창호 선생이 그리 말씀하셨다. 상하이나 미국으로 가서 독립운동을 하는 건 학생 신분인 우리가 할 수 있는 일이 아니네. 우리는 우리에게 주어진 오렌지를 어떻게 정성껏 딸지를 고민하도록 하세.”

하전이 봉투 하나를 내밀며 말했다. 봉투 속에는 8원이 들어 있었다. 오늘 밤 상하이로 가는 동지 편에 보낼 군자금이라고 했다.

“근데…… 오렌지가 뭐니? 오렌지가 땅에서 나는 거야? 나무에 열리는 거야? 너희들은 오렌지를 본 적이 있어?”

구섭이 잠시 망설이다가 물었다.

“껍질이 두껍고 달면서 신맛이 나는 커다란 밀감이라고 들었어.”

하전의 설명을 들으니 한 번도 본 적 없는 오렌지의 단맛이 입에 고이는 듯했다.

“오렌지를 정성껏 따는 건 실력을 키우는 거라고 나는 생각하네.”

그러기 위해서 하전은 졸업하면 곧장 일본으로 공부하러 떠날 것이라고 덧붙였다. 나는 새벽 생선 배달을 해서 군자금에 보태겠다고 말했다. 구섭은 야학에서 아이들을 열심히 가르치겠다고 했다. 주변 친구들에게 독립이 무엇인지, 왜 독립을 해야 하는지 성심껏 설명하겠다는 동지도 있었다.

우리가 각자의 오렌지를 정성껏 딸 방도를 토론하는 동안, 사진 속 도산 선생이 우리를 쳐다보며 빙그레 웃고 있었다.

이하전

(1921~)

평안남도 평양에서 태어났다. 1938년 평양 숭인상업학교에 다니던 중 조선 독립을 목표로 하는 비밀결사 '축산계'를 조직했다. 독립 정신을 기르자는 뜻을 담은 '오등의 서사'라는 결의문을 작성하고, 안창호 선생의 업적을 기리기 위해 자금을 내놓았다. 일본에서 유학하면서도 비밀결사 운동을 계속하다 붙잡혀 옥고를 치렀다. 1990년 건국훈장 애족장을 받았다. 미국에 거주 중이다.

나는, 돌아왔다

한미 합작 특수훈련 전사, 오성규

김별아

김별아

1993년 《실천문학》에 〈닫힌 문밖의 바람 소리〉를 발표하며 등단했다. 2005년 장편소설 《미실》로 제1회 세계문학상을 수상했다. 장편소설 《영영이별 영이별》《채홍》《백범, 거대한 슬픔》 등을 썼다.

아침은 늘 낯설다. 커튼 틈을 비집고 들어온 햇살에 눈을 떴지만, 몸을 일으키는 대신 침대에 누운 채로 한참을 생각했다.

'여기는 어디일까?'

옆자리와 맞은편의 침대가 인기척으로 들썩인다. 침입자인가? 느즈러졌던 신경이 경계의 본능으로 곤두선다. 그러나 이내, 깨닫고야 만다. 그들은 나의 룸메이트다. 옆자리는 6·25전쟁 때 아들을 잃은 무연고자이고, 맞은편은 월남전 참전 용사라 했던 것 같다. 아니, 그 반대였던가? 어쨌거나 그들과 함께 방을 나눠 쓰는 이곳은 보훈원인가보다. 도시 이름은 기억나지 않지만 대한민국이다. 그렇다면, 나는 누구일까?

"지사님, 잘 주무셨어요? 오늘 날씨가 참 좋아요!"

익숙한 목소리에 갈팡질팡하던 정신이 퍼뜩 든다. 정 여사다. 정 여사가 걱정과 불안이 섞인 채로 나의 안부를 묻는다.

"화장실, 참지 마시라 했잖아요……"

그러고 보니 정 여사를 애타게 기다린 이유가 있다. 어제저녁에도 퇴근하며 극구 '그것'을 채우고 갔지만, 나는 아직 단 한 번도 그것에 신세를 진 적이 없다. 한밤중에 들끓는 요의를 견디다 못해 지칫거리며 화장실로 향하다가 낙상한 것이 벌써 세 번, 아침에 출근한 정 여사가 발견하고 비명을 지를 때까지 어둠 속에 나동그라진 채 꼼짝없이 누워 있던 적도 있다.

'오래 살았다.'

어둠 속에서 어둠을 바라보며 생각했다. 가장 큰 어둠은 내 머릿속에 똬리를 틀고 앉아, 한 번 넘어져 나뒹굴 때마다 몇 곱절씩 커졌다. 하지만 어둠 속에도 이따금 날카롭게 번쩍이는 빛이 있어, 그때는 스스로도 속을 만큼 감쪽같다. 요양 등급 판정관이 찾아왔을 때, "1923년 8월 21일이 내 생일"이라 밝히고 모든 질문에 정확하게 답하는 바람에 보훈원 직원들을 당황시켰던 것처럼 말이다.

정 여사의 부축을 받아 화장실에 다녀온 후 세수를 하고 아침상을 받았다. 흰 쌀밥에 된장국, 가장 좋아하는 장조림 반찬을 입에 넣어 씹으니 짭조름한 맛이 정신을 들깨운다. 그렇다. 100년이 지났다. 깜빡 눈을 감았다 뜬 것 같은데 어느덧 이만큼 세월이 흘렀다. 100년을 넘게 산 노인의 기억은 비탈길의 낙석처럼 흘러내린다. 남의 것인 양 낯선 몸이 밤새 채운 기저귀에 욕구를 풀어놓아도 탓하거나 흉볼 이가 없다. 그럼에도 불구하고, 하지 않는 것이 아니라 하지 못한다. 그것이 인간으로서 움켜잡고 있는 마지막 자존심일지도 모른다. 나는……한국광복군 제3지대 대원 오성규이기 때문이다.

조국의 영예를 어깨에 메고 태극기 밑에서 뭉쳐진 우리
독립의 만세를 높이 부르며 나가자 광복군 제3지대

해발 1,200미터의 종남산 봉우리에서, 맨몸에 삼밧줄만 달랑 두른 채 까마득한 절벽 아래를 내려다본다.

골짜기에 있는 가상의 적진에 침투하는 것이 오늘의 임무다. 조원들끼리 눈빛으로 신호를 주고받은 뒤 각자 지고 온 타래를 풀어 하나로 잇는다. 매듭 한끝은 봉우리 바위에 매고 다른 끝을 절벽 아래로 던진 후, 나뭇가지를 입에 물고 한 사람씩 줄을 타고 암벽을 기어 내린다. 잿물을 먹인 삼밧줄은 잠수함과 낙하산이 될 것이다. 페인트칠로 표시된 나뭇잎은 공습에 필요한 기후 조건과 군사시설의 탐지를 알리는 전략정보가 될 것이다. 기민하게 임무를 수행한 대원들은 상륙작전의 선봉대가 되어 적진을 파고들 것이다. 그리하여 침략자들을 쓸어내고, 조국을 광복하고, 마침내 민족을 해방할 것이다. 우리 손으로, 우리 힘으로!

제3지대에서도 열여섯 살은 어린 축이었지만 폭파, 사격, 통신 전술, 도강 훈련 등 어느 하나에서도 낙오하지 않았다. 타고난 강골이기도 했거니와 매사에 죽을힘을 다했기 때문이다. 만주 봉천의 동광중학에 입학한 직후 '주태석'이라는 가명으로 비밀결사를 만들었다. 평범하고 안락한 삶을 버리고 위태롭고 고단한 항일 운동가로 다시 태어났다. 비록 조직이 발각 나 탈출하듯 떠나왔지만, 한국광복군으로서 보무당당하게 내 조국 내 고향으로 돌아가리라 했다. 그때의 작전명이…… 무슨 새 이름이었던 것 같은데, 무엇이었더라?

점심을 먹고 나면 태산 같은 졸음이 쏟아진다. 항우 장사도 그것을 이길 재간은 없을 것이다. 오전 미술 수업에도 내내 졸다가 끝날 무렵에야 나팔꽃 한 송이를 겨우 칠했다. 혼곤한 낮잠에서 깨어나면 시간에 대한 감각은 더 둔해진다. 회진을 돌던 의사 선생이 몇 가지 간단한 질문을 던지지만, 놓지 않으려 꼭 붙잡았던 잠깐의 순간마저 물을 움켜쥔 듯 손가락 사이로 빠져나간다. 빈손이 헛헛하여 자꾸 들여다본다.

"지사님, 오늘 간식은 좋아하시는 요거트예요. 천천히 드세요."

부드러운 요거트를 좋아한다. 달콤하고 시원한 아이스캔디를 좋아한다. 어린아이처럼 매운 것은 잘 먹지 못한다. 정 여사는 내 입맛을 잘 알고 있다. 손님들이 찾아오면 나 대신 대답을 해주기도 하는데, 답을 모르는 질문을 받으면 답답하고 안타까운 표정을 짓는다. 나도

시원하게 그들의 궁금증에 답해주고 싶지만, 성큼성큼 머릿속으로 걸어 들어온 어둠이 너무 깊다. 나는 무엇을 하며, 어떻게 100년을 견뎠을까?

"지사님, 야구 하는 거 보세요. 일본에서 야구단 일을 도와주셨다고 했지요?"

딱! 텔레비전 속에서 선수가 휘두른 방망이에 맞은 공이 파란 하늘에 하얀 포물선을 긋는다. 사람들의 환호성이 기억을 헤집는다. 그래, 독수리였다. 임시정부가 미국전략정보국(OSS)과 합류해 진행하려던 국내 정진 작전명은 '독수리 작전'이었다. 하지만 독수리가 날개를 펼치기도 전에 일본의 항복으로 전쟁이 끝나면서, 외국군의 발길이 닿기 전에 한국광복군이 먼저 국내에 진입할 수 있는 마지막 기회는 무산되었다. 역사의 계산은 냉혹하다. 피 흘려 희생한 꼭 그만큼만 보답한다.

해방 정국은 혼돈의 도가니였다. 이념과 이해利害의 대립으로 광복군조차 갈가리 찢겼다. 백범이 피살되고 김학규 장군이 누명을 쓰고 감옥에 갇힌 후, 뿌리를 송두리째 뽑힌 허무감으로 소리 없이 일본으로 떠났다. 그리고 철저한 무명無名 속에서, 평범한 조선 사람 '주태석'

으로 40여 년을 살았다. 가족들조차 말수 적고 조용한 가장이 광복군이었다는 사실을 알지 못했다.

고독하고 고단한 이방의 삶에서, 장인이 이끄는 재일교포 야구단을 돕는 일이 유일한 위로였다. 일본 야구는 정확하고 깔끔했다. 재일교포 선수들은 그에 열기와 근성을 더했다. 야구를 통해 조선 젊은이들을 만나고, 보이지 않는 곳에서 교포들을 도왔다. 퇴근길의 맥주 한 잔과 야구 관람, 아주 나쁘지는 않은 삶이었다. '미스터 자이언츠' 나가시마 시게오의 말이 뭉근한 머릿속에서 맴돈다.

"야구는 인생 그 자체다. 기쁨도 있고, 통한도 있다."

빛은 점점 짧아지고 어둠은 깊어진다. 언젠가 깜깜 나라에 갇힐지도 모른다. 나는 한 줄기 빛에 희망을 걸고 청춘을 바쳐 투쟁했으나, 결국에는 홀로 고독을 감당하는 것이 인간의 숙명일지도 모른다.

"오……오츠미!"

"지사님, 저는 조카따님 오츠미가 아니라 정경례예

요. 오츠미 씨가 보고 싶으세요? 일본에 영상통화 걸어 볼까요?"

오츠미는 고향의 숲에 피어 있는 작은 꽃 같은 여인 이라는 뜻으로, 아내가 세상을 떠난 후 나를 돌봐주던 처조카딸의 이름이었다. 정 여사가 휴대폰을 꺼내려 했 지만 나는 천천히 고개 저었다. 조카딸이 보고 싶지 않 은 건 아니지만, 내 고향은 떠나온 그곳에 없다.

"볕이 참 좋지요? 지사님, 제가 네잎클로버 찾아드 릴게요."

명랑한 오츠미, 아니 친절한 정 여사가 보훈원 정원 에 쪼그려 앉아 토끼풀숲을 뒤적인다. 휠체어에 앉은 채 다사로운 가을볕을 쬔다. 멀리서 노랫소리가 들리고, 된 장국 냄새가 풍겨온다.

네잎클로버는 행운이지만, 세잎클로버는 행복이랬 다. 100살을 목전에 두고 돌연 결정한 귀국을 두고 누군 가는 '영웅의 귀환'이라고 했지만, 나는 다만 내 나라에 서 살다 죽는 평범한 행복을 찾았을 뿐이다. 청춘의 투 쟁도, 이방의 고독도, 결국은 이 순간을 위한 과정이었 을지 모른다. 바람이 불어 태극기를 스치는 소리에 눈꺼

풀이 무겁게 내려앉는다. 조국의 품에 안긴 안도감과 평화가 생의 마지막 선물일 것이다. 나는 이제 더 이상 떠돌이가 아니다.

"나는, 돌아왔다."

오성규

(1923~)

평안북도 선천에서 태어났다. 중국 펑톈(지금의 선양) 동광중
학을 중심으로 항일 활동을 하던 중 조직이 일제에 노출되자
동지들과 함께 펑톈을 탈출했다. 이후 중국 충칭에서 만들어
진 대한민국 임시정부 국군인 한국광복군 제3지대에 입대했
다. 1945년 5월 한미 합작 특수훈련(OSS 훈련)을 받고, 일본
군을 교란할 목적으로 국내로 침투하는 작전을 준비하다 광
복을 맞았다. 광복 후 상하이 등지에서 교민 보호 활동을 펼쳤
다. 이러한 공로를 인정받아 1990년 건국훈장 애족장을 받았
다. 일본에 정착해 거주하다 2023년 한국으로 돌아왔다.

손주에게

호남의 항일운동가, 이석규

최유안

편소설 《백 오피스》《새벽의 그림자》, 산문집 《카프카의 프라
하》 등을 썼다. 노근리평화문학상을 수상했다.

최유안

2018년 동아일보 신춘문예에 중편소설 〈내가 만든 사례에 대
하여〉가 당선되며 작품 활동을 시작했다. 소설집 《보통 맛》, 장
편소설 《백 오피스》《새벽의 그림자》, 산문집 《카프카의 프라
하》 등을 썼다. 노근리평화문학상을 수상했다.

아직 삭풍이 매섭던 3월 초하루, 친우와 얼마 전 개업한 목욕탕에 갔단다. 센토 양식의 목욕탕이 광주 바닥까지 들어왔다는 걸, 얼마 전 벗을 통해 들었거든. 깨끗한 복도, 남녀가 분리된 탈의실과 세신 공간, 넓은 온탕이 있는 신식 건물. 그때만 해도 내 고향에선 냇가에서 시간을 정해놓고 멱을 감기 마련이었으니까. 장작불로 데운 뜨거운 물이 담긴 탕에 몸을 담글 수 있다니 얼마나 신기했는지 몰라. 입장료 10전이 아깝지 않았지. 부산스레 욕탕으로 들어가는 내게, 몸을 깨끗이 닦고 탕에 들어가야 한다고 친우가 말했어. 거참, 사범에 다니더니 무엇이든 가르치려 든다고, 내가 농을 쳤고 우리는 껄껄 소리를 내며 웃었지.

탕 안에는 대여섯 명이 몸을 녹이고 있었어. 성격 급한 내가 먼저 작은 바가지에 물을 떠서 몸을 적시고 친우에게 넘겼지. 내가 건넨 바가지를 받아 친우가 느긋하게 따뜻한 물을 몸에 부었어. 내가 뻗은 발이 막 탕 안에 들어갔을 때, 우리 또래의 한 남자가 내게 물었지. 일본어였어. 욕탕 안에 소리가 울려 내가 단번에 알아듣지 못했어. 그러자 남자가 다시 물었어. 내 옆에 있는 친우가 나를 대신하듯 답했지. 이석규라고 한다. 그렇게 말하는 친우의 얼굴을 내가 멍하니 바라보는 사이에 탕 안에 있던 사람들이 하나둘 우리 쪽으로 고개를 돌렸어. 내게 말을 건 남자가 눈을 흘겼어. 기타나이 조센징. 머리카락이 쭈뼛 섰어. 나는 물방울이 줄줄 흐르는 겁먹은 얼굴로 친우에게 눈짓했어. 들어가면 안 될 것 같다고, 어서 나가자고. 그런데 석규가 대뜸 그 일본인을 향해 말하더구나. 우리가 어째서 더럽다는 거냐고. 더러운 일본인이라고 말하면 너희는 좋겠냐고. 그때 탕 안에서 우리를 업신여기는 기색으로 보던 남자들이 벌떡 일어서는 거야. 그러고는 곧장 석규에게 달려들었어. 한참 맞는 석규를 보다가 내가 소리를 질렀지, 저기 멀리서 순사가 온다고. 삽시간에 조용해졌어. 나는 틈을 타 석규를 일으켜 목욕탕 바깥으로 냅다 뛰었지. 그 일이 우리의 열일곱을 바꿔놓은 사건이 될 줄, 그때는 몰랐단다.

　어느 저녁, 우리는 기숙사 식당에 둘러앉아 밥을 먹고 있었어. 한 교우가 씩씩거리며 식당으로 들어왔지. 담양에서 통학하는 옆방 친구였는데, 삐걱대는 나무 의자에 앉자마자 이런 말을 하는 거야. 철도역에서 일본인 몇과 마주쳤는데, 멸시당하는 느낌이었다고 말이야. 10년도 더 지난 일이지만, 1929년 광주역 앞에서 한일 학생 수백이 충돌하지 않았느냐고. 지금은 그때보다 멸시의 방법이 더 악랄해졌다고. 나와 석규는 그 말을 잠자코 듣고 있었어. 그날 밤 석규는 한잠도 못 이루고 뒤척이다 기숙사 밖으로 나와 하늘을 바라봤지. 차디찬 바람이 옷깃을 스쳐 살을 파고들던 그 밤을 말이야. 그때 석규가 했던 말이 흰 바람결에 실려 가는 걸, 나는 보았단다.
　황국 맹세나 가르치는 것이 무슨 소용인가.
　다음 날 아침 조회가 끝나가는 시간에 우리는 '황국 신민서사'를 암송하고 있었어. 우리에게는 습관 같은 일이었지. 일, 우리는 대 일본 제국의 신민이다. 이, 우리는 마음을 다 바쳐…… 석규는 조회 내내 아무 말도 하지 않고 서 있었지. 조회가 끝나고도 학교 건물로 들어가지 않고 운동장에 한동안 서 있더니, 이윽고 교정 밖으로 나가버렸어. 따라가다보니 석규가 향해 가는 곳은 대인동 철도역이었지. 나는 성정 바른 석규가 어제의 기억 때문에 혹시라도 일을 낼까봐 조마조마했어. 한 일본인이 석규의 어깨와 부딪쳤어. 석규가 그를 매섭게 노려봤지. 그가 석규에게 시비를 걸었어. 석규는 그를 사정없이 두들겨 팼지. 그러고는 마구 달려 학교로 돌아왔어. 그때 석규가 그러더군. 달음질은 내가 진짜 잘한다고 말이야. 전라북도 체전에서 1등을 해본 실력이라고.

학교로 돌아온 석규는 기숙사 작은 복도를 통해 지하로 내려갔어. 학교에 그런 곳이 있는 줄 나는 알지도 못했지. 복도 끝 작은 방 앞에 서자 철도역 사건을 알려주던 그 교우가 우리를 위해 문을 열어주었어. 그곳이 '무등독서회'라는 이름을 가진 비밀 조직으로 가는 길이라는 걸 나는 그때 알았지. 목소리 높은 한 친구가 말하더군. 동무들, 우리 역사 바로 알기 토론회에 오신 것을 환영하네.

우리는 그날 많은 것을 알게 되었어. 철도역을 통해 쌀과 면화가 일본으로 실려 간다는 사실, 우리가 받는 교육이 어째서 군사훈련 같은지, 징병 소집된 젊은 조선의 피들을 어디로 보내버리는지. 태평양전쟁에서 일본이 밀리고 있는 현실도 말이야. 일본이 패망할 때까지 우리가 일본을 위한 전쟁에 끼어서는 안 된다고. 우리는 그날 들은 내용으로 방을 만들었지. 누군가 그것을 붙일 사람이 필요하다고 했어. 석규가 말하더군. 나, 알아주는 달음질 실력을 갖추고 있어, 하고 말이야. 사범학교는 사범학교야. 전국 인물들이 다 모였네. 누군가의 말에 모두 크게 웃었어. 그 웃음은 열정을 대신했어. 우리의 심장은 용암처럼 끓고 있었지. 잃어버린 나라를 도로 가져와야 한다. 그래야 우리에게 미래가 있다. 그래야, 우리가 아이들에게 올바른 것을 가르칠 수 있다.

바로 그날 오후에 교무실에서 석규를 불렀어. 일본인에게 시비를 걸고 폭행한 죄를 물어 한 달 동안 정학 처분을 내린다고 말이야. 그 말을 전하면서 조선인 감독관이 석규에게 말하더군. *석규야 이놈아, 조용히 있어야 해.*

이상한 일이지. 그 일이 있고 나서 오히려 석규는 신이 났어. 이제야 할 일을 알겠다던가. 우리는 첫새벽마다 광주 거리 샅샅이 그 방을 다 붙이고 다녔어. 독서회 일원들은 상해에서 오는 밀령을 받고 정보를 모아 전달하는 역할도 했지. 그제야 사범학교에 다니는 우리가 가져야 할 마음가짐과 가르쳐야 할 것이 무언지 알겠더라고, 석규가 말하곤 했어. 여름빛은 점점 뜨겁고 공기는 눅눅해졌지만, 날리던 바람의 결은 매서웠어.

즐거움은 얼마 가지 못했어. 활동이 적발되어 독서회 회원들이 죄다 경찰서에 잡혀갔거든. 누가 우리를 일러바쳤을까. 소문처럼 우리 중에 밀정이 있었을까. 그다음에 벌어진 일들은……기다란 가죽끈으로 때리고, 대나무 곤장으로 넓적다리를 사정없이 휘갈겼지. 욕조에 얼굴을 처박고, 거꾸로 매달아 위협하고, 난롯불에 달군 쇠젓가락으로 장딴지를 지지고, 콧구멍에다 고춧가루를 푼 물을 부었어. 그런데 말이야. 그 모든 장면에서 아직 또렷하게 남은 기억이 있어. 일본 놈은 의자에 앉아 낄낄거리며 웃고 있을 뿐, 고문하는 이는 조선 사람이었다는 거. 온몸이 찢어지고 부러져도 더 격렬히 고통스러워

하기를 바라는 놈이 조선 놈이었다는 거. 그때도 지금도 그것이 가장 원통하단다.

일본이 항복했다는 소식을 감옥을 나오며 들었단다. 하나둘 아는 얼굴이 보이더구나. 사지 멀쩡한 친우가 없었지만 우리는 기뻤어. 투옥하는 내내 근심하던 조국의 미래. 우리의 젊은 날을 포기해서라도 얻어야 마땅한 것, 광복. 그날은 내 나라의 오늘이자 내일이었어. 우리는 목숨을 걸어야 했지. 내 나라가 없으면, 내 장래도 없으므로. 이 땅, 대한민국을 살아갈 아이들에게 황국신민의 맹세를 암송하게 할 수는 없었으니까.

대한민국, 만세!

우리는 구호를 부르며 바깥으로 나갔어. 폭염이 심하던 여름 한낮이었어. 오전까지 짙은 안개가 끼어 있었다는데, 낮이 되자 날이 아주 맑아졌다고, 흰 치마를 입은 여자가 말해줬지. 광복을 축복하듯 우리는 함께 뛰었단다. 사람들이 건넨 태극기를 받아 힘껏 휘날리며, 감격의 눈물을 흘렸어. 고초를 겪고 나온 누구도 자신을 독립투사라고 생각하지 않았어. 그저 시대의 임무를 다한 평범한 얼굴들이 되어, 인파를 따라 광주 안으로, 안으로 들어갔지.

아가, 네가 열일곱 생일을 기념해 친구들과 동명동에 간다는 소식을 네 엄마가 내게 전하더구나. 지금은 식당이 즐비한 그곳을 말이야. 동명동 200번지. 많은 이들이 갇힌 채 조국의 독립을 갈망했던 곳이란다. 동명동, 소리를 들으니 또렷하게 그와 나의 열일곱이 기억났단다. 석규는 얼마 전 100세 생일을 맞았어. 여전히 또랑또랑한 눈으로, 대한민국 만세를 마음껏 부르는 세상이 되었음을 기뻐했지. 그에게는 나라가 과거이고 현재이며 미래였다. 자신의 안위보다 나라의 장래를 더 걱정하던 나의 벗. 그가 꿈꾸었던 나라에서, 너희들이 조금 더 평안하기를, 조금 더 자유롭기를. 석규는 내게 그런 미래를 꿈꾸게 했지.

애야, 너도 평생에 이런 벗 한 명은 꼭 만나길 바란다.

이석규

(1926~)

전라북도 완주에서 태어났다. 1943년 광주사범학교에 다니던 시절 같은 학교 학생 17명과 '무등독서회'를 조직했다. 월 2회 모임을 갖고 민족의식을 고취하는 책을 함께 읽으며 항일 전단과 벽보를 배포했다. 해방 직전인 1945년, 미국과 소련 등 연합군이 일본의 항복을 받아내기 위해 국내에 상륙하는 시점에 맞춰, 해방이 외세에 의해 주어진 것이 아님을 보여주고자 봉기를 계획했다. 그러나 독서회 회원이 붙잡혀 계획이 노출되는 바람에 이석규를 포함한 대다수 회원이 체포됐다. 2010년 대통령표창을 받았다.

1945: 이세계가 사라지기전에

© 김동식 김별아 김유담 김의경 반수연 백희성 서유미 소향 송호근
　이승우 정명섭 정진영 조영주 주원규 차무진 최유안 한은형

1판 1쇄 2026년 3월 1일

지은이 ♦ 김동식 김별아 김유담 김의경 반수연 백희성 서유미 소향 송호근
　　　　이승우 정명섭 정진영 조영주 주원규 차무진 최유안 한은형

펴낸이 ♦ 고우리

펴낸곳 ♦ 마름모

등　록 ♦ 제 2021 - 000044호 (2021년 5월 28일)

전　화 ♦ 070 - 8028 - 3973

팩　스 ♦ 02 - 6488 - 9874

메　일 ♦ marmmopress@naver.com

블로그 ♦ blog.naver.com/marmmopress

인스타그램 ♦ @marmmo.press

ISBN ♦ 979-11-94285-24-3 (43810)

평행하는 선들은 결국 만난다 ♦ 마름모